나에게로의
여행

나에게로의 여행

발행일	2018년 1월 10일

지은이	박 영 대		
펴낸이	손 형 국		
펴낸곳	(주)북랩		
편집인	선일영	편집	오경진, 권혁신, 최예은, 오세은
디자인	이현수, 김민하, 한수희, 김윤주	제작	박기성, 황동현, 구성우
마케팅	김회란, 박진관, 김한결		
출판등록	2004. 12. 1(제2012-000051호)		
주소	서울시 금천구 가산디지털 1로 168, 우림라이온스밸리 B동 B113, 114호		
홈페이지	www.book.co.kr		
전화번호	(02)2026-5777	팩스	(02)2026-5747

ISBN	979-11-5987-937-1 03810 (종이책)	979-11-5987-938-8 05810 (전자책)

나에게로의 여행

박영대 | 지음

박영대 시인이
들려주는 빛나는
마음의 여행기

북랩 book Lab

머리말

존재하기 위해 힘들게 살아가야 하는 나날들에 대한 물음과 어떻게 살아가야 할까 하는 스스로의 다짐에 대한 이야기들을 모아 엮었습니다.

정형화된 문학적인 형식을 취하진 않았지만 이 글을 읽고 단 한 사람이라도 희망을 발견하고 위로를 받을 수 있기를 간절히 기원해 봅니다.

삶이 힘들고 지칠 때면 자신을 돌아보면서 휴식을 취할 시간을 가져야 합니다.

살면서 누구나 직면할 수밖에 없는 문제들에 붙들리지 말고 한 발짝 물러서서 그러한 상황을 지켜볼 수 있어야 합니다.

과거는 이미 지나갔고 미래 또한 생각 속에만 있는 것입니다. 과거나 미래의 관념에서 벗어나는 길은 오직 지금 이 순간을 살아가는 것입니다. 우리가 살아있는 것은 바로 이 순간뿐이기 때문입니다.

수많은 날들이 우리를 기다려 줄 것이라고 착각하며 살아갑니다. 하지만, 내일의 일은 누구도 알 수가 없는 것입니다. 불확실한 미래에 대한 염려보다는 하루하루 최선을 다해 살아가야 하겠습니다.

마음을 찾아 길을 나서기 시작하던 때부터 틈틈이 메모해 두었던 내용이 한 권의 책으로 나오게 되었습니다. 4부로 나누어 편집한 것은 특별한 이유가 있어서가 아니라 숨 고르기 차원이며 그래서 책을 순서대로 읽지 않고 손 가는 대로 펼쳐서 읽어도 무관할 듯합니다. 이 책의 내용 중 일부는 내 앞을 걸어가셨거나 걸어가고 계시는 분들이 저에게 해주셨던 말씀이 녹아있거나 포함되어 있을지도 모릅니다. 이점 이해를 구하며 깊은 감사를 드립니다.

또한, 이 글들이 좋은 인연이 되어 길을 헤매는 사람들에게 작은 등불이 되고 위로가 되었으면 간절히 기원해 봅니다.

끝으로 이 책이 나오기까지 벗이 되어준 가족과 이웃들에게 감사를 드립니다.

차 례

1부

2부

3부

4부

1부

삶은 여행이다
우리가 태어나고 죽을 때까지의 시간은
수억만 겁을 돌아온 시간에 비해
아주 잠시동안 다녀오는 여행인지 모른다
하지만 길고 긴 세월의 수레바퀴 속에서
쌓어왔던 기록들이
잠재의식 저편에 저장되어 있어
우리들은 마음의 굴레를 벗어나지 못하는 것이다
하지만 다시 길을 나서야 한다
자신의 모든 것을 버릴 각오를 하며
여행을 떠날 채비를 해야 한다

여행

새로운 것을 보고 듣고 체험하는데 여행의 매력이 있겠지만 낯선 환경은 여행자를 고독하게 만들기도 한다.

내가 익숙하게 살아왔던 것들에서 벗어나서
새롭게 나를 바라볼 수 있는 시간과 마주하게 된다.

잠시라도 기존의 나는 사라지고 세상과 하나가 되는
새로운 나 자신과 마주하게 될지도 모른다.

지금까지 축적하여 온 나의 모든 것들을 내려놓고
온전히 낯설게 존재해 보는 것,

사막 한가운데에서 자신의 맨 것을 드러내고 새롭게 서있는 것.

여행은 자신을 철저히 이방인으로 인식하는 것이다.

아무도 모르는 곳에서의 하루는 오롯이
자신과 마주할 시간을 갖게 되는 것이다.

낯선 공간에서 느끼는 시간들이
새로운 모습으로 다가온다.

낯선 곳으로의 여행은 짙은 고독 속에서
자신의 모든 것을 버릴 각오를 해야 할지 모른다.

여행을 떠날 각오가 되어 있는 사람만이
자기를 묶고 있는 속박에서 벗어날 수 있다.

— 헤르만 헤세

어둠

풍경이 깊어질수록
밤은 가까이 온다.
지상의 먼 그리움은
어둠에 접혀 사라지고
집으로 가는 길은 자꾸만 멀어진다.

시간을 밀어 올려서
벽이나 허공에 걸어 둘 수 있다면
누추한 삶의 한 귀퉁이도 빛나지 않을까?

어둠이 깊어지면
마음을 통과하는 시간이 길어지듯
삶의 굴곡은 깊어
마음의 거리가 멀어져 간다.

좀처럼 오지 않던 것들의 기억을 애써 떠올려 보고
낮달이 사라진 곳을 주시할 때
문득 떠 있는 낯선 얼굴

고양이의 어둑한 길 사이로
모든 것들이 잠이 들면
다시 길을 재촉해야 한다.

잠 못 이루는 사람에게 밤은 길어라.
지쳐 있는 나그네에게 길은 멀어라.
바른 진리를 깨닫지 못한 자에게는
아아!
생사의 밤길은 길고 멀어라.
— 법구경

힘내세요 그리고 걱정말아요

나를 내세우지 않아도
언젠가는 꽃피우는 날이 올 거예요.
지금은 비록 작고 초라해 보이고
힘들고 고통스러운 날들이 계속될지라도
주어진 길을 묵묵히 걸어간다면
언젠가는 활짝 꽃피는 날이 올 거예요.

성급한 마음으로 자신을 내세운다면 초조한 마음만 더할 뿐 부질없는 일임을 곧 깨닫게 될 거예요.

힘을 내기로 해요.
우리에겐 아직 만회할 충분한 시간이 남아있으니까요.
그리고 걱정 말아요.
어쩌면 고통스러운 이 순간이 내생의 가장 절실한 순간일지도 모르니까요.

해결할 수 있는 문제라면 걱정할 필요가 없고
해결할 수 없다면 걱정하지도 말라
― 티베트의 속담

내가 무심코 던진 돌이

뭇 생명에겐 목숨이었습니다.

생각 없이 했던 말에 주변 사람들이 얼마나 많은 상처를 입고 돌아갔을까 생각해 봅니다.

우리가 살아가는 일이 남의 상처와 목숨을 담보하였다니 참 한심한 노릇입니다.

지금껏 싫어서 남을 해코지하고,

좋아서 가지려고 애쓰는 삶의 연속이었습니다.

어느 날 길 가는 뱀이 눈에 거슬려

막대기로 멀리 쫓아낸 적이 있었습니다.

문득, 나를 욕하고 때린 사람들이 가엾게 느껴졌습니다.

그 사람이 바로 나였기 때문입니다.

자신을 위해 남을 해치면 지옥의 고통을 받을 것이며
남을 위해 자기를 해치면 모든 원만 성취를 얻으리라.

세상의 모든 행복은 어디에서 오는가?
그 모든 것은 남을 위하는 데서 온다.

세상의 모든 불행은 어디에서 오는가?
그 모든 것은 자신을 위하는데서 온다.

많은 말을 할 필요가 있는가?
어리석은 이는 자신을 위해 일하고
부처는 남을 위해 일을 한다.

이 둘의 차이를 보라!

— 산띠데바의 '입보리 행론' 중에서

길 위에서 길을 찾는 사람들

길 위에서 길을 찾는 사람들
등불 없어 어디로 가야할지를 모르고 서성이는 사람들
그들을 위해 무엇을 해야 할 것인가 고민해야 합니다.
나 또한 길 위에서 서성이던 때를 기억하고
길을 헤매는 모든 사람들의 표정을 살필 수 있어야 합니다.
얼마나 마음이 아플까 깊이 성찰해야 합니다.

낯설고 먼 길에서 아픈 사람을 만난다면
환한 미소를 보낼 수 있어야 합니다.
우리 모두는 길을 잃은 방랑자이며 길을 밝히는 등불이기 때문
입니다.

끝없이 뻗은 길의 저편을 보면 나를 감싸는 두려움
혼자 걷기에는 너무나 멀어 언제나 누군가를 찾고 있지
세상의 모든 것을 성공과 실패로 나누고
삶의 끝 순간까지 숨 가쁘게 사는 그런 삶은 싫어
— 신해철의 노래 '길 위에서' 중에서

안개의 뿌리는 불안이 아니다

덧없음도 아닌 허무 같은 것일까?
어쩌면 바람의 추억을 소집하고 싶은
간절한 기도의 에너지인지도 모른다.

안개가 깊은 발을 디뎌 기억을 더듬어 갈 때
문득 소리치고 싶은 것들
허무가 깊게 혀를 낼름거리는 소용돌이 속에서
아우성치던 것들

그것들과 함께 수 억겁의 생을 견뎌온 단절된 추억들
안개는 뿌리를 내리지만
아무도 안개의 깊이를 측정할 수가 없다.

안개 낀 강둑을 걸어가고 있는 사람들
눈에 찔린 이름들
온몸을 그어대던 이름들
안개는 상처의 이름들을 휘감고 사라져 간다.

안개의 뿌리는 더이상 불안이 아니다.

몸

바람을 손님처럼 맞이할 수 있다면
나는 사라지겠습니다.

비를 온몸으로 받아낼 수 있다면
나는 사라져도 좋겠습니다.

우리가 말하고 생각하는 틈을 타서
오시는 님 있으니

고요히 앉으면 오롯이 마주하는 님
볼 수 있으니

붉은~
고추를 먹은
잠자리 한 마리가
억년 고인돌에 슬그머니 앉는
바위가 우지끈, 하고
부서질 듯

환한,

고요

— 이종문 '고요' 전문

사람이 그리운가요

그러면 그대 세포속에 들어가 보세요.
얼마나 많은 사람들이 자리하고 있는지
얼마나 많은 사람들이 당신을 기다리고 있는지 알 수 있을 겁니다.

외로워하지 마세요.
세상의 모든 것이 내 것 아닌 게 없고
세상 모든 것이 내 것이 아니었으니
외로움은 자연스러운 것이라 할 수 있습니다.

사람이 그리우면 나를 떠나보내는 연습을 하세요.
내가 떠난 자리엔 그리움이 차오를 것입니다.

달이 기울고 새벽이 오면
떠난 자들의 발자국소리 들려올 것입니다.

사람이 그리운가요?
그러면 그대여 세포 속으로 완전히 녹아들어가 보세요.
다시는 내가 없는 내가 될 것입니다.

겨우 나는 아니다

불안은 사라지고 없는데
다시 불안을 껴안으려 하고 있다.

고장난 테입처럼 끊임없이 올라오는 기억들
사라지지 않고 반복 재생되는 기억들
불안이 두리번거리며 주변을 맴돈다.

모든 것은 순간에 있는데
순간이 모든 것인데
우리는 연속적 흐름에 속아 흔들리고 있다.

흔들리면서 사라지는 것들과
꼬물거리는 것들과 함께 겨우 살았으니

나는 어디에도 없고
어디에나 있을 것이다.

이제 그만 고요 속에 깃들고 싶다.

비, 바람을 기억하다

모든 생명은 물에서 시작되었다는
탈레스의 말처럼
비바람이 불면 나는
물고기의 비늘이었다가
온몸으로 뒹굴고 있는 지렁이의 여린 살이었다가
잠자리의 눈이었다가
바람의 흐름을 측정하는 새의 깃털이었다가
아! 결국엔
비를 머금은 바람처럼 절벽을 뛰어내리고 싶은 것이다.

바람이 불면 비가 그리워
비를 채집하는 선인장의 오랜 기다림처럼
때론 시간을 견딜 줄 아는 지혜가 필요하다.
섣불리 비를 부르지 말자
비를 찾아 나서지도 말자
기다리면 비는 곳 내릴 것이니

오늘도 비바람이 부는데
비는 그리움이었다가

세상에 빛을 보지 못한 많은 이들의 아픔이었다가
배고픈 자들의 눈물이었다가
이 세상을 거쳐 간 많은 이들의 슬픔 또는 기억이었음을
모든 바람의 기억에는 비의 속삭임이 있었으니
사람아!
바람을 타고 함부로 내게 오시지 말아다오

한 번쯤 남을 위로해줄 수 있는 사람이었으면

때론 내 이야기를 듣고
조금이나마 마음의 위로를 받았으면 좋겠습니다.

한때는 다른 이들의 말씀을 통해 나 또한 힘든 시기를 잘 극복
할 수 있었고, 그때를 생각해보면 너무나 감사한 마음이 듭니다.
살아갈 수 있도록 용기를 준 말씀들로 인해 나 여기까지 걸어
왔으니까요.

누군가에게 부드럽고 따뜻한 말
사랑스러운 말로 가슴을 쓰다듬어 준다면
도저히 견딜 수 없을 것 같은 고통스러운 순간들도
견디게 하여 살아갈 마음을 내어보기도 하지요.

남을 위로한다는 것은 쉬운 일이 아닙니다.
말로만 걱정하지 말라고 이야기한들 쉽게 마음을 열지 않습
니다.
남을 위로해 줄 수 있는 사람은 한때 상처를 입고 아픔을 극복
해낸 사람입니다.
아픔을 겪어보지 않은 사람은

남의 상처를 깊게 바라볼 수가 없습니다.

극한의 고통을 느낀 자만이 걸러낸 말씀들은 생의 길 한 모퉁이에서 사금파리처럼 빛나고 있습니다.

한 번만이라도 아픈 사람들에게 상처를 어루만져줄 수 있다면 의미 있는 생을 살았다 하겠습니다.

남에게 한 번쯤 위로해줄 수 있는 사람이었으면 좋겠습니다.

"수행자들이여 이 윤회는 알 수가 없다.

뭇 삶들은 갈애에 속박되어 유전하고 윤회하므로 그 최초의 시작을 알 수가 없다. 그러므로 수행자들이여!"

"불행하고 가난한 사람을 보면 그대들은 이 오랜 세월을 지나면서 나도 한때는 저와 같은 사람이었다"라고 관찰해야 한다.

또한 "행복하고 부유한 사람을 보면 그대들은 이 오랜 세월을 지나오면서 나도 한때는 저러한 사람이었다"라고 관찰해야 한다.

— 부처님 말씀

생각은 믿을 것이 못 됩니다

언뜻언뜻 떠오르는 생각의 파편들로 인해
기분이 좋아졌다가 짜증이 났다가
슬퍼졌다가 화가 났다가
한없이 너그러워졌다가 순식간에 사라집니다.
번개처럼 불안이 엄습해오다가
고양이처럼 고요해지기도 합니다.

생각은 몸에서 느껴지는 것보다 믿을게 못됩니다.
순간순간 일어났다가 사라지고 말지요.
일어났던 생각은 한 번 일어나서 영원히 사라지고 맙니다.
생각이 연이어서 오기 때문에
같은 생각이라 착각하게 되는 것입니다.

생각의 단편을 잘라보면
한 생각은 이어지는 생각과는 별개의 것이지요.
마치 필름 한장 한장이 연속되면
같은 장면으로 인식하는 것과 같은 이치입니다.
그래서 생각은 믿을 것이 못됩니다.

순간순간 바뀌는 생각에 우리의 삶을 맡길 수가 있을까요?

차라리 몸은 조금 더디게 변해갑니다.

순간순간 변하지만 크게 달라지지는 않으니까요.

호흡은 늘 몸과 같이 하기 때문에

호흡과 같이 한 생을 살아간다면 그나마 낮지 않을까요?

순간순간의 일어나는 생각들을 다만 일어난다고 지켜보기만 할 뿐 생각 속에 허우적거리지는 말아야겠습니다.

지금 이 순간을 살자

말과 행동하는 바를 분명히 알고 가야 한다.
하루하루는 소중한 삶이 시작되는 날이다.
지금껏 한 번도 있지 않았던 새로운 순간들이다.
내 곁에 있는 모든 것들과 오늘 하루 같이 살아있고 살아가는
것이다.

느티나무의 새싹들이 바람에 부드럽게 흔들린다.
이제 막 싹을 틔운 여린 살이 바람에 파르르 떨린다.
환하게 웃음 짓는 아이의 눈빛 같다.
하지만 저 여린 싹들도 여름 햇살을 받아들이고 계절이 저물어
가면 한 생을 다하겠지.
그래서 더욱 애처롭게 느껴지기도 한다.
하지만 저물지 않는 것은 없다.
우리네 인생도 언젠가는 저와 같이 저물어 갈 것이다.

저물어 가는 것은 자연스러운 일이다.
버틴다고 버틸 수 있는 것도 아니다.
몸에 힘을 빼고 뚜벅뚜벅 걸어가자.
걷는 걸음걸음에 온 정신을 쏟아서 살면 되는 것이다.

지나간 것은 지나간 대로,
오지 않는 것을 기다리지 말고
지금 주어진 이 순간을 잘 살면 되는 것이다.

과거는 어차피 되돌릴 수 없는 것이니 가버린 것은 그냥 놓아
두자.
아직 오지 않는 미래 또한 어떤 모습으로 우리에게 다가올지 모
르니…
예측하거나 기대하며 기다리지 말자.
그냥 이 순간을 살아가기만 하자.

더러는 비워 놓고 살 일이다.
하루에 한 번씩
저 뻘밭이 갯물을 비우듯이
더러는 그리워하며 살 일이다
하루에 한 번씩
저 뻘밭이 밀물을 쳐 보내듯이
갈밭머리 해 어스름녘
마른 물꼬를 치려는지 돌아갈 줄 모르는
한 마리 해오라기처럼
먼 산 바래서서
아, 우리들의 적막한 마음도

그리움으로 빛날 때까지는

또는 바삐바삐 서녘 하늘을 깨워가는

갈바람소리에

우리 으스러지도록 온몸을 태우며

마지막 이 바닷가에서

캄캄하게 저물 일이다

— 송수권의 '적막한 바닷가' 전문

취한 눈으로 사물을 보다

햇살이 손등을 간지럽힌다.
어제는 무슨 일이 있었는지 자꾸 물어보는 것 같다.
언젠가 햇살을 먹을 수 있을 것이라 생각했던 적이 있었다.
햇살이 요정처럼 놀고 있는 날
눈에는 졸음이 맺히고 가슴에는 따뜻함이 느껴진다.
햇살이 책장을 넘기고 추억을 말하듯이
소근 소근 들려오는 아이들의 말소리 물소리
햇살은 어디에나 있다.
깊은 심장, 구불거리는 장기에도
아픈 핏속에도, 생각의 골짜기에도 있다.
햇살을 담을 수는 없지만 스밀 수는 있어서
모든 것에 스며든다.
취한 눈으로 사물을 바라보면
햇살은 모든 이에게 스민다.

인간이 있는 곳 어디나
파리가 있고
부처가 있다   ― 이싸

바라보는 대로 보인다

거울 앞에 서있는 자신을 바라본다.

사실은 거울을 바라보지만 거울에 나타난 모습이 자신이라고 생각한다.

세상을 향한 모든 시선 역시 마찬가지이다.

얼핏 보면 대상을 바라보는 것 같지만 대상을 통해 자신을 바라보는 것이다.

아침에 일어나서 세수를 하고 식사를 하고 양치를 하고 옷을 갈아입고 대문을 나서고 버스나 지하철을 이용해 출근을 하고, 출근해서 동료들과 인사를 하고 중요한 업무 순으로 일처리를 하고 퇴근해서 동료들과의 술자리를 마련하거나 집으로 돌아와서 씻고 텔레비전을 보다가 잠자리에 들 때까지 스크린의 영화처럼 흘러가는 하루의 장면들이 외부에 있는 것처럼 느껴진다.

잠자리에 일어나서 잠자리에 들 때까지 내가 바라본 것들은 외부의 것들이 아니라 사실은 내가 바라본 것들이다.

영화의 필름을 제거하고 나면 남는 것은 하얀 스크린밖에 없다.

그런 것처럼 내가 없으면 이 세상은 없는 것이다.

내가 이 세상을 바라보자 세상은 내게로 들어온 것이다.

우리는 어떤 마음으로 세상을 바라보고 있는 것인가?

일이 잘 안 풀리면 세상 탓을 한다.

상대방의 실수 때문에 내가 피해를 보고, 상대방의 기분 나쁜 말 때문에 내가 기분이 나쁜 것이다.

상대의 행동에 대해 판단하고 해석하고 분별하는 것,

그것은 오직 내게서 나온 것임을 분명히 알아야 한다.

세상을 어떻게 보느냐에 따라서 천국도 될 수 있고

지옥도 될 수가 있는 것이다.

내가 느끼고 바라보는 세상이 아름다운 것은 세상이 아름다워서가 아니라 내 마음이 아름다움을 느끼기 때문이다.

그러하듯 우리의 마음가짐을 어떻게 가지느냐가 잘 살아갈 수 있는지를 결정하게 되는 것이다.

세상을 바라보는 시각을 바꿔볼 것을 권유해 본다.

끝없이 분출되는 부정적인 에너지를 다만 지켜보면서 흘러보내다 보면 긍정적인 에너지가 올라올 것이다. 그러면 그 에너지를 확장시키는 노력을 통해 몸과 마음을 긍정적인 에너지로 물결칠 수 있도록 하자.

푸르게 흔들리는 들풀들의 그것처럼 맑은 영혼의 춤을 추자.

내가 바라보는 세상을 좀 더 아름답게 채워나가 보자.

비 내리는 날

비가 내립니다.
끊임없이 내리는 비를 바라봅니다.
생각이 일어나고 사라집니다.
생각들이 빗물처럼 스쳐 지나갑니다.
많은 생각들이 일어나고 사라집니다.
근원을 알 수 없는 생각은 어디에서 오는 걸까요?

우리는 무엇이 되기 위해 이렇게 흔들리며 살아가는 것일까요?
존재하기 위해 흔들리는 꽃,
근원을 찾아가는 여행길
흔들려야만 방향을 찾을 수 있는가 봅니다.
꽃들이 아름다운 것은 존재의 근원을 찾으려는
간절한 몸부림 때문인지 모릅니다.

비가 내립니다.
존재하는 모든 생명들을 위무 해주는 비가 내립니다.
조건 없이, 관여 없이 내립니다.
노역으로 지친 발을 적셔 줍니다.
비는 힘들게 걸어가는 자를 쉬게 합니다.

삶을 살아갈 수 있도록 위안과 용기를 줍니다.

우리 또한 은혜를 돌려주어야 합니다.
비가 내리는 날에는 모두가 하나가 됩니다.
자연이, 생명들이
몸과 마음속으로 들어와 하나가 되어 춤을 춥니다.

마음의 길

마음의 길을 잘 닦아야 합니다.
집착을 내려놓고 가볍게 걸어가야 합니다.
무거운 마음을 내려놓고
애착 없이 살아가야 합니다.
끊임없이 올라오는 생각들을 지켜보면서
그저 그러한 것임을 고개 끄덕일 줄 알아야 합니다.
굽은 길이든 비탈진 길이든 간택하지 말고 걸어가야 합니다.
생각의 감옥에 갇혀있는 나를 해방시키려면
오랜 습관을 떠나 홀연히 걸어갈 수 있어야 합니다.
몸을 느슨하게 마음도 느슨하게 유지하여야 합니다.
날뛰는 마음을 잘 다독여가며
불어오는 바람을 느끼면서 혼자서 걸어가야 합니다.

게처럼 꽉 물고 놓지 않으려는 마음을
게발처럼 뚝뚝 끊어버리고
마음 없이 살고 싶다.
조용히, 방금 스쳐간 구름보다도 조용히,
마음 비우고가 아니라

그냥 마음 없이 살고 싶다.

저물녘, 마음 속 흐르던 강물들 서로 얽혀

온 길 갈 길 잃고 헤맬 때

어떤 강물은 가슴 답답해 둔치에 기어올랐다가

할 수 없이 흘러내린다.

그 흘러내린 자리를

마음 사라진 자리로 삼고 싶다.

내림줄 처진 시간 본 적이 있는가

— 황동규의 '쨍한 사랑노래' 전문

내 얼굴을 바라보니

거울로 얼굴을 바라보고 있으면 낯설다.
부끄럽다.
불쌍하다.
측은하다.
어디에서 와서 어디로 가는지도 모르고
생각의 더미 속에 묻혀서 헤매다가 결국
생각 속으로 사라지겠지.

도대체 나는 누구인가?
불온한 서적처럼 다가오는 얼굴…
너는 어디에 있느냐?

덧없는 생각들을 마땅히 끊어버려야 한다.
그러면 마음이 넉넉하고 안락하리라.
무엇이 덧없는 생각인가?
육신에 매달리는 것이 덧없는 것이다.
좋고 나쁨의 느낌에 매달리는 것이 덧없는 것이다.
자기중심으로 사물을 분별하는 것이 덧없는 일이다.   — 부처님 말씀

일기

풀들은 여전히 무성하다.
키가 너무 커서 풀을 매기가 힘들다.
낫으로 풀들을 베어내기로 한다.

초석잠이 풀과 엉켜 많이 사라졌다.
풀숲의 무성함에 기대어 생을 마감하고 싶었는지도 모른다.
가녀린 뿌리, 산발처럼 어지러운 줄기와 잎들,
생의 복잡성과 고민을 버리고, 고통을 버리고,
좀 더 거친 풀에게 자신의 몸을 던져버렸는지도 모른다.

박은 나무 등걸을 타고 한없이 올라간다.
나무의 키 만큼 커 나간다.
박은 나무의 힘에 의지해서 자신의 길을 간다.
낫으로 줄기를 잘라 버리자 박의 길이 사라졌다.
후두둑 밭이 일순간 환해졌다.

새들이 땅콩을 헤집고 미리 수확해 가고
나머지 부분을 들추어내니
작은 벌레들이 자꾸 나온다.

벌레들도 수확을 거들었으니
올라오는 뿌리의 무게가 가볍다.

일을 하고 있으니 바람이 불어온다.
바람은 많은 소식을 전해주는데
꽃들의 속삭임
나뭇잎들의 이야기
구름의 가는 길을 알려주신다.

햇살은 풀숲에서 알몸으로 바람 샤워를 하고,
주렁주렁 호박잎들은
바람을 불러와 열매를 키우고 있다.

꽃밭에 서서 꽃을 바라본다.
풀 숲에 서서 풀을 바라본다.
그들의 일생을 돌아본다.
점 같은 씨앗으로 싹을 틔워서 거센 바람을 헤치고
줄기를 만들고 가지를 키워간다.

하늘 높이 꿈을 펼치듯이
열매를 맺고 씨앗을 만드는 날까지
한 번도 바람을 거역하거나 햇살을 피하거나,
비를 거부한적 없이 자연과 하나가 되어

삶을 기다리면서 삶의 결과를 지켜보고 있다.

이렇듯 식물의 삶은 거부하지 않는 완성된 삶이지만,
우리 인간은 여전히 불안하고 불완전한 생명체다.

참깨는 수확하고 들깨는 꽃을 피우기 시작했다.
꿈을 연결해 줄 수 있도록
온 힘을 다해 꽃을 피워내고 있는 것이다.
벌들은 때맞춰 윙윙거리며
꿈을 꿀 수 있도록 도와준다.

여기저기 이곳저곳 낮거나
높거나 크거나 작거나
가리지 않고 세찬 날개짓으로
생명들의 꿈을 위해 수고를 아끼지 않는다.
아마 그래서 풀꽃들의 꿀은 그렇게 단지 모르겠다.

어디를 끊임없이 가지 않으면 불안한

어딘가를 쉼 없이 가지 않으면 불안한 사람들
끊임없이 움직이고 말하고 떠들어대고 다니는 사람들
자신을 돌아보면 고통스러워
돌아볼 용기가 없어 자신이기를 거부하는 듯
미친 사람처럼 생각하고 살지 않으면 정말로
미쳐버릴지도 모르는 불안감에 사로잡혀 사는 사람들

폭력적인 세상에 놓여 있다 보면
자신도 모르게 고립되고 위축되고
공포에 질려 아무것도 할 수 없을 것만 같아서
술을 마시고 싸우고 전투적으로 몸을 혹사하고
쉬지 않고 돌아가는 기계처럼 살아간다.

사람들은 친절한 웃음과 목소리로
이야기하는 방법을 잃어버린 듯하다.
남에게는 표면적으로라도 친절하게 이야기할지 모른다.
그러나 자신에게는 부드럽고 상냥스럽게 이야기하지 않는다.

자신을 사랑한다 한 번도 이야기 해본적이 없기 때문에 자신의 존재는 하찮게 여기며 늘 위험과 고통 속에 노출되도록 하는 것이다.

지금까지 자신을 제대로 알지 못하고 스스로 자신을 괴롭혀 왔다면 이제는 사랑의 인사로서 다독거리며 위로해 주어야 한다.

길고 긴 시간 동안 이끌고 온 이 몸과 마음에게 수고했다 이야기 하며 가슴을 쓸어내릴 줄 알아야 한다.
좋은 사람을 만나러 가는 것처럼 기분 좋게 웃으면서
자신을 만나러 가야 한다.
모든 두려움과 괴로움과 아픔으로부터 벗어날 수 있도록 햇살 속으로 자신을 인도해야 한다.
바람이 부는 가을의 들과 산으로 자신을 데리고 가서 영혼을 치유해야 한다.

다시는 괴로움의 강물 속으로 뛰어들지 말고 수많은 고통이 흘러가는 것을 강둑에 서서 무심히 바라보아야 한다. 다만, 흐를 것은 흘러가도록 모든 것을 놓아줄 수 있어야 한다.

쫓기듯 살고 있는 한심한 나를 살피소서
늘 바쁜 걸음을 천천히 천천히 걷게 하시며
추녀 끝의 풍경소리를 듣게 하시고
꾹 다문 입술 위에

어린 날에 불렀던 동요를 얹어주시고

굳어 있는 얼굴에는

풀밭 같은 부드러움을 허락하소서

책 한 구절이 좋아

한참 하늘을 우러르게 하시고

차 한잔에도

혀의 오랜 사색을 허락하소서

돌 틈에서 피어난 민들레꽃 한 송이에도

마음이 가게 하시고

기왓장의 이끼 한 낱에서도

배움을 얻게 하소서

정채봉의 '그대는 지금 어디로 가고 있는가'

오늘 하루를 어떻게 살 것인가?

매화꽃 핀 지도 여러 날 지나고
지나가는 봄이 아쉬워 길을 나서보는데
하늘에서는 진눈깨비 같은 아픔이 내리고
질척거리는 거리
사람들은 무표정하게 걸어간다.

미세먼지가 세상을 뒤덮고
마음의 먼지는 나를 뒤덮고 있다.
먼지만 걷어지면 세상은 참 아름다울 것이다.

벚꽃이 피고, 개나리가 노랗게 생명력을 뿜내고 있다.
진달래의 여린 꽃잎이 바람에 흔들리고
하늘은 모든 에너지를 머금고 있다.

본래 세상은 아름다운 것
어지러운 마음을 잘 지켜본다면
마음 또한 아름다울 것이다.
자동적으로 일어나는 생각들을 밀밀히 지켜본다면
어지러운 생각 뒤의 맑은 마음이 자리하고 있을 것이다.

봄 한철이 지나가고 있다.
꽃잎은 떨어질 것이고
잎은 무성해져
계절은 온 힘을 다해 열매를 키워내며
한살이를 마감할 것이다.

저 지난 한 생명들을 지켜보려면 고요해져야 한다.
다만 지켜봄으로써 대상에 함몰되지 않을 것이다.

오늘 하루,
소중한 시간을 마음을 지켜보는데 마음을 내야 한다.
깨어 있어야 한다.

호흡과 호흡사이를 알아차릴 수 있다면
몸의 움직임을 알아차릴 수 있다면
올라오는 많은 생각들을 다만 지켜볼 수만 있다면
우리는 고요해질 것이다.

고요히 사라질 것이다.

죽음을 진지하게 숙고해 보자

우리는 태어나기 전도 모르고

죽음 이후의 일도 알 길이 없다.

하지만, 죽음은 진실이 제시되는 순간이다.

죽음이란, 우리가 마지막으로 자신과 정면으로 마주치는 시점

이라고 한다.

죽음 앞에서는 자신이 살아왔던 삶이 파노라마처럼 펼쳐진다.

자신이 무엇을 했는지, 어떤 일을 했는지,

하나도 빠짐없이 영상물처럼 기록되어 나타난다고 한다.

죽음 앞에서는 민낯으로 자신을 바라보아야 한다.

죽음 앞에서는 자신을 더이상 속일 수가 없다.

생각을 바꿀 수가 없는 것이다.

죽음을 앞두고 후회한들 이미 소용이 없는 일인 것이다.

남에게 호의를 베풀었다거나,

남에게 상처를 주었던 일들에 대해 책임을 지는 순간인 것이다.

살아오면서 했던 말과 행동뿐만 아니라

생각했던 모든 것들이 영상으로 나타나면서

자신의 삶을 되돌아보게 된다고 한다.

남에게 베푼 선의 행동과 말은 괴로움을 주지 않지만,

남에게 상처를 준 모든 행동과 말과 생각들이 고스란히 고통이

되어 자신에게 되돌아온다고 한다.

　이러한 사실을 깊이 인식하여 죽음을 진지하게 숙고해야 한다.

　누구나 죽음 앞에서는 평등하다는 말이 여기에 있는 것이다.

　죽음을 깊게 숙고한다면 어떻게 살아야 하는지 답이 나올 것이다.

시간은 보이지 않는다

지나온 시간들은 그 길이가 얼마인지 알 수 없다.

과거의 삶이 내 인생에 얼마나 중요하게 개입하였는지 알 수 없는 것이다.

기억은 아스라이 멀다.

지나간 시간의 양 또한 측량할 길이 없다.

때론 행복했고 괴롭고 힘들었던 시절의 기억들이 파편처럼 떠오르기도 하지만, 지나간 것은 그리 중요하지 않다.

다가올 미래 또한 예측할 길 없다.

오로지 지금 현재의 삶만이 유일하게 존재하는 것이라서

지금 이 순간을 살지 않으면 안 된다.

엄밀하게 따지면 이 순간조차도 인식하는 순간 곧 과거가 되어버리고 만다.

그러하듯 우리의 삶은 무상한 것이다.

과거는 이미 흘러갔다.

미래 또한 아직 오지 않은 것이다.

그러니 내 것이라고 고집할 만한 것은 없다.

과거나 미래의 생각에서 삶을 찾는다는 것이 얼마나 허망한 일인가?

과거나 미래에 매여 있는 한 우리는 자유로울 수 없다.

평화로운 마음을 유지할 수가 없는 것이다.

결국 생각의 노예가 되어 멍에를 짊어지고 고난의 언덕길을 힘들게 걸어갈 수밖에 없는 것이다.

시간은 너무 빠르게 지나가고 우리는 그 시간을 타고 흘러가고 있기 때문에 내가 누구인지를 알 수가 없는 것이다.

헐레벌떡 살아서 어느덧 죽음을 맞닥뜨린다면

두려움에 휩싸여 천 길 낭떠러지로 떨어지고 마는 것이다.

죽음의 순간에는 그 누구도 손을 내밀 수 없을 뿐만 아니라 아무도 손을 잡아주지 않는다.

죽음의 순간에는 오로지 자기가 지은 모든 것을 책임지고 떠나야 한다.

하늘에는 달이 없고, 땅에는 바람이 없습니다.

사람들은 소리가 없고, 나는 마음이 없습니다.

우주(宇宙)는 죽음인가요

인생(人生)은 잠인가요

한 가닥은 눈썹에 걸치고,

한 가닥은 적은 별에 걸쳤든
님 생각의 금(金)실은 살살살 걷힙니다.
한 손에는 황금(黃金)의 칼을 들고,
한 손으로 천국(天國)의 꽃을 꺾든
환상(幻想)의 여왕(女王)도 그림자를 감추었습니다.

아아 님 생각의 금(金)실과
환상(幻想)의 여왕(女王)이 두 손을 마조 잡고,
눈물의 속에서 정사(情死)한 줄이야 누가 알어요.

우주(宇宙)는 죽음인가요
인생(人生)은 눈물인가요
인생(人生)이 눈물이라면
죽음은 사랑인가요.

— 한용운의 '고적한 밤' 전문

스며들 수 있어야 한다

진정으로 타인을 용서할 수 있을 때 스며들 수 있다.
미워하고, 질투하고, 원망스러워하는 마음으로는
마음에 평화가 깃들지 않는다.
평화의 마음으로 가는 길에는
자비와 지혜로움이 있는 용서가 이루어져야 한다.

타인에 대한 모든 마음을 내려놓고
우리는 스며들 수 있는 방법을 터득해야 한다.
말은 쉽지만 행동으로 옮기는 것은 매우 어려운 일이다.
스며들려면 진정으로 타인을 용서할 수 있어야 한다.

진정으로 타인을 용서하려면
자신을 낮추고 돌이켜보아야 한다.

어떤 상황이나 사람과 마주할 때 대상에 개입하지 말고
올라오는 생각들을 지켜보면서 그저 일어났다가 사라지는 한
현상이라고 느껴야 한다.

세상에 태어나 지금까지 살아오면서 익혀온 알음알이는 내 것

이 아니라는 것을 안다.

지식은 내 것이 아니다.

강요된 것일 수도 있고 학습된 것일 수도 있다.

모든 판단기준은 외부에서 들어온 것이다.

하지만 우리는 그것들을 나라고 여기며 살아간다.

그러므로 나의 기준대로 판단을 하지 말고

나라는 것을 고집하지 말아야 한다.

진정으로 남을 사랑할 때 스며들 수 있다.

내 안에 머금은 사랑으로 세상을 바라볼 때

세상과 하나가 된다는 것을 알 수 있다.

진정으로 타인을 사랑하려면

나 자신보다는 상대방을 배려하는 마음을 가져야 한다.

지금껏 미처 발견하지 못한 따뜻한 느낌이 가슴으로 벅차오르

는 것을 알 수 있다.

매사를 수용할 때 스며들 수 있다.

나를 미워하거나 원망할 때에도 나를 서운하게 하거나,

나를 배반할 때에도 그것을 있는 그대로 받아들이고, 수용할

때 모든 것들을 포용할 수가 있는 것이다.

우리가 스며들 수 있다는 것은 모두가 하나가 된다는 것이다.
하나의 마음으로 녹아 들어간다는 것이다.

손 시린 계절엔 손을 마주 잡아야 하리

손 시린 계절엔 두 손을 마주 잡아야 하리
시린 손끼리 살을 부비며 서로의 냉기를 온기로 바꿀 수 있어야 하리
무거운 삶을 들어올리기 위해 두 손은 힘을 모아야 하리
내 것 네 것이 없는 세상을 위해 서로를 부둥켜 안아야 하리

오늘은 손 시린 날입니다.

서로의 손을 마주 잡으면서 오늘을 견뎌내야 합니다.

혼자서는 할 수 있는 일이 적지만 손을 맞잡기만 하면 무슨 일이든지 도모할 수 있습니다.

그렇지만 아무 일이나 도모할 수는 없습니다.

가슴에서 느껴지는 따스함으로 모든 일을 해야 합니다.

마주한 두 손은 세상을 향해 나아가야 합니다.

낮은 곳과 추운 곳과 아픈 곳에 있는 사람들에게 시선을 돌려야 합니다.

그들의 상처 난 곳을 어루만져 주어야 합니다.

따뜻해진 두 손으로 그들의 언 가슴을 녹여주어야 합니다.

손 시린 계절입니다.

손에 손을 마주 잡고 추운 계절을 이겨내야 합니다.

봄이 올 때까지 서로의 언 가슴을 안아주어야 합니다.

그러면 머지않아 봄은 우리들 곁을 서성이겠지요.

그때까지 우리 서로 손을 마주 잡고 기다리기로 합시다.

별은 바람의 상처다

바람을 그리는 화가의 눈빛은
별을 닮아있다.

바람은 나무
결 속에 갇혀서
수억 년을 살아온 자신의 흔적을 찾아서
촘촘히 박힌 별들을 쪼아내고 있다.

자신을 만나러 가는 굴곡진 길
낮게 엎디기도 하고 서성거리기도 하고
눈동자를 굴러보기도 한다.

하늘에서 떨어진 별 비늘이 박힌 곳
신음하는 소리를 찾고 찾아 헤매고 돌아온 곳에서
작은 아이의 얼굴이 보인다.

쬐그맣고 창백한 얼굴로
낯선 곳에서 길을 잃어버린 아이
막 터질 듯한 두려움에 몸을 떨고 있다.

이제는 눈을 감고 지나간 시간을 생각하지 말아야 한다.
돌아오지 않는 것들은 이미 사라지고 없는데
꽃들은 이미 지고 없는데
슬픔은 떨어져 흙으로 돌아갔으니

사람이여 꽃처럼 웃어보자.

2부

나고 살고 죽음에 이르는 길은 자연스러운 한 과정입니다
지금의 모든 것들은 언젠가는 사라져 갈 것입니다
소중한 사람들 또한 우리 곁을 떠날 것입니다
이 모든 아픈 것들을 인정하지 않으면 안 됩니다
우리는 죽음 이후의 세상을 알지 못합니다
다만 죽는다는 사실을 알 뿐입니다
삶은 다만 빛나거나 흘러가거나 사라지는 것입니다

빛나거나 흘러가거나 사라지거나

햇살에 빛나거나
흘러가는 강물을 유심히 바라봅니다.
길 위에 떨어진 꽃잎이 바람에 체온을 빼앗기고 있습니다.
빛나거나, 흘러가거나 사라질 때까지 바라봅니다.

죽음의 시기는 알 수가 없습니다.
그래서 영원히 살 것처럼 행동하고 살아갑니다.
만약 죽음의 시기를 알 수 있다면,
지금보다는 조금 덜 욕심내고 남에게 마음을 내어 줄 수 있을
것입니다.

세상은 변해갑니다.
영원한 것은 없습니다.
어제의 일들을 돌이켜보면 지금 이 순간 남아 있는 것은 기억밖
에 없습니다.
기억이 현재의 삶을 사는 것입니다.

기억 속의 일들은 이미 지나간 것들입니다.
지나간 것은 다시 돌이킬 수 없는 것입니다.

지나간 것은 없는데, 이미 없는 것인데
그것을 붙잡고 매달리고 애원할 필요가 있을까요?
지금의 내 삶을 위해 무엇 하나 도움이 되지 않습니다.
생각으로 인해 스스로를 괴롭힐 뿐입니다.

죽어간다는 것은 자연스러운 한 과정입니다.
늙고 병들어 감을 비통해할 필요는 없습니다.
늙어감으로 인해 새로움이 연이어 올 수 있는 것입니다.
흐르지 않는 물은 썩고 바람이 통하지 않는 숲에서는 나무가
자랄 수가 없습니다.
강물이 흐르면 새로운 강물이 그 강을 채우는 것처럼 우리는
흘러가야 합니다.

얽매여 있는 삶은 우리가 한결같이 존재하고자 하는 욕심 때문
입니다.
변해가는 것을 인정하고 변해 감을 지켜보며 살아갈 때 편안한
삶을 영위할 수 있습니다.
태어나고, 살아서 죽음에 이르기까지 우리는 그렇게 존재하는
것임을 알아야 합니다.

자연스럽게 존재하려면 지금의 모습을 인정해야 합니다.

햇살에 빛나거나 흘러가는 강물을 유심히 바라보아야 합니다.

지금 이 순간의 마음

생생하게 살아있는 유일한 삶,
누구도 대신해줄 수 없는 소중한 삶
가슴 터질 듯한 기쁨뿐만 아니라 집채 만한 슬픔이 나를 덮쳐
와도 이를 흔쾌히 받아들여야 합니다.

수용하는 삶을 살 수 있을 때
그것을 아는 지혜가 개발될 때
평화로운 마음을 유지할 수 있을 것입니다.
그렇게 되려면 지금 이 순간에 일어나는 현상을
바라볼 줄 알아야 합니다.

과거는 지나가고 없습니다.
그러므로 과거에 얽매여서 괴로워할 필요는 없습니다.
미래 또한 예측할 수 없을 뿐 아니라
내가 바라는 대로 되어 오지는 않습니다.

현재, 지금 이 순간만이 유일한 것임을 알아서
최선을 다해 살아내야 하는 것입니다.
지금 이 순간의 느낌, 말, 행동을 지켜보아야 합니다.

오직 이 순간을 빤히 바라보아야 합니다.
순간의 마음이 전부이기 때문입니다.

새로운 각오

매일을 제대로 살아야 삶 전체를 잘 살았다 하겠습니다.
목적을 이루었다고 해도 과정이 옳지 못한다면
그 과보는 언젠가는 받을 수밖에 없습니다.

자칫 소홀해지기 쉬운 삶의 지침을 새롭게 들여다보아야 합니다.
그래야만 그것을 잊지 않고 지속시켜 나갈 수가 있는 것입니다.

오늘을 새롭게 살아야 합니다.
새로운 각오로 살아야 삶이 윤택해집니다.
큰 산을 바라보는 마음으로 세상을 향해 시선을 돌려야 합니다.

힘없고 가난한 자들을 위해 애를 써야 합니다.
이웃들의 마음이 행복하고 평온하기를 기원해야 합니다.

살아있는 모든 것은 다 행복하라
태평하라
안락하라
어떠한 생물일지라도 겁에 떨거나 강하고 굳세거나

그리고 긴 것이건 큰 것이건

중간치고 짧고 가는 것이건

또는 조잡하고 거대한 것이건

눈에 보이는 것이나 보이지 않는 것이나

멀리 또는 가까이 살고 있는 것이나

이미 태어난 것이나

앞으로 태어날 것이나

모든 살아있는 것은 다 행복하라

마치 어머니가 목숨을 걸고 외아들을 아끼듯이

모든 살아있는 것에 대해서 한량없는 자비심을 내라

— 숫타니파타

고요 속에 머물다

파랑으로 사라지고
파랑으로 다시 일어설 수 있을까?
한 번의 이별
한 번의 파랑이 그리운 저녁이 오면
우린 다시 만났다 할 수 있을까?

커다란 물기둥 속에 숨어들어가
소용돌이를 만들 수 있을까?
까마득한 별의 바다에 깊게 일렁이는
해일의 기억이 될 수 있을까?

고요는 얼마나 많은 그대와 나일까?
하늘과 허공이 손잡고
그대와 어둠이 엉키어 침묵으로 머문다면
나는 얼마나 많은 그대일까?

사막의 바다를 건너왔습니다

누구나 한 번쯤은
사막의 바다를 배회한 적이 있지요.
바다는 얼마나 깊고 넓던지
허공인줄 알았습니다.
겨울을 사랑한 죄로
온 가슴에 얼음을 매달고
무겁고 차가운 가슴으로
사막을 건너는 형벌을 받았었지요.

밤이 오면 모래에 박혀
신음하는 소리가 들리고
새벽이 오면
가시 돋친 별들이 떨어져 내립니다.
모래들은 몸을 온전히 보듬기 위해
작게 작게 몸을 줄여나간다 하지요.
그러하듯 우리의 삶도 스스로 작아져서
큰길로 나아가야 할 것입니다.

세차게 부는 바람에도 낮은 몸으로

온 생애를 걷는다면 세상은 얼마나 아름다울까요.
언덕에 외롭게 서 있는 나무의 간결함으로
생을 맞이한다면
세상은 또한 얼마나 평화로울까요.

이제는 겨울바다를 건너는 일이
즐거운 일이라 하겠습니다.
사막의 모래바람을 견디는 일이
큰 사랑이라 하겠습니다.
홀로 작아져 위대한,
한 그루의 나무처럼 오래오래 그렇게 서 있고 싶습니다.

다시 새벽이 오면

어둠이 개이기 전
꼭 기억해 두어야 할 것은 무엇입니까?
당신이 어둠 속을 헤치고 강을 건너오기 전
내가 준비해야 할 것이 무엇입니까?

하늘이 열리면
그대의 슬픔과 어둠은 환히 열릴 수 있을까요?
점점이 사라지고 점점이 나타나는
감정의 소용돌이를 헤쳐나갈 수 있을까요?

세상은 넓고, 좁아서 길이 없어 보이기도 하다가
너무 깊고 넓어서 그대 오는 걸음걸이는
측량할 수 없이 측은하기도 하였지요.
보랏빛으로 하늘이 열리고 있습니다.

꿈은 꾸는 만큼만 찾아온다고 하지요.
누구나 꿈꿀 수 있음을 알지만
그 꿈이 아름다운 꿈인지 허망한 꿈인지 알기란
참으로 꿈같기도 하지요.

새벽이 멀지 않은 듯합니다.
다시는 어둠을 안고 살아가야 할
이유가 없어 보이는 듯합니다.
다만 어둠 속에서 출발했을 뿐인데,
어둠이 주위를 감싸고 있었을 뿐입니다.

그대여 어쩌면 어둠은 우리가 걸친 옷처럼
벗었다가 입었다가 할 수 있는 자유로운 것인지도 모릅니다.

때론 찰나의 꿈을 위해 준비해둔 것들이
영원히 가슴속에 박혀
총총 빛나는 생활의 지침이 되기도 하고,
헤어날 길 없는 수형의 어둠이 되기도 하지요.

별빛이 유난히 총총한 날에
발 시린 기억들이 가슴으로 차올라
그대의 날 선 기억이 노래가 되고,
음악이 되고 꽃이 되고,
한세상을 이루고 있습니다.
찬란한 형상으로
찬란한 눈물로 깜빡거리고 있습니다.

새벽을 다 걸었습니다.

뚜벅거리는 걸음걸이에 힘이 실리는 듯하다가
가볍게 몸만 떠서 흐를 것 같습니다.

이제는 하나 둘 실체를 드러내는
아침이 가까웠나 봅니다.
다시는 돌아오지 않겠다던 날들이
등 뒤에서 멀어지고 있나 봅니다.

무지를 받아들이자

스스로 자신의 무지를 받아들이기는 쉽지 않다.
누구나 자기가 최고라고 생각하기 때문이다.
자신이 세상에서 가장 뛰어나다고 생각하는 것은,
나를 사랑하는 마음,
내가 있다는 생각이 변함없이 자리하기 때문이다.
나의 무지로 인하여 상대방의 잘남을 인정하지 않는다.
사람들은 나를 버리기가 쉽지 않은데
자아 중심적 태도와 잘난척하는 본성을 알지 못해서 그런 것
이다.

태어남이 무엇인줄 모르고
다생 동안 윤회에 헤매 일 때
집짓는 자를 찾을 수 없어 계속 태어나야 했고
태어남은 참으로 고통이었어라
이와 같이 나는 번뇌가 소멸된 일체지의 지혜로서
집짓는 자를 보았노라!
집짓는 자여!
너는 참으로 욕망이었노라

이제 너의 집은 무너져, 서까래도 무너지고

기둥과 대들보도 무너져 없어져

너는 더이상 집을 짓지 못하노라

이제 나는 지극히 적멸의 길에 이르러

다시는 갈애의 영향을 받지 않는 존재가 되었노라

— 부처님 오도송

인간은 강물처럼 흐른다

사람은 한순간도 쉬지 않는다.

흐르는 강물과 같다.

아침에 일어나서 밥을 챙겨먹고 버스를 타고 출근을 한다.

직장에 와서는 아침부터 밤늦도록 일에 시달리고,

퇴근을 해서 직장동료들과 이어지는 술자리 또는

모임의 연속으로 지쳐 잠이 들고 아침이 되면 다시 반복되는 삶
이 계속된다.

한순간도 멈춤 없이 고장난 기관차처럼 달려간다.

몸뿐만 아니라 마음도 끊임없이 흐르고 흐른다.

오늘 무엇을 하고 내일은 무엇을 할지 궁리하면서,

장차 어떻게 해야 하는지,

미래를 불안해하면서 그렇게 쉴 사이 없이 생각은 이어지고 이
어지는 것이다.

또한 과거의 후회와 아픈 기억으로 인해 가슴 아파하고,

그때의 잘못된 일에 후회하고 자책하면서

끊임없이 자신을 학대하기도 한다.

몸과 마음을 가만두지 않고 끌어내어 시비를 건다.

자기의 존재를 발견하고 살아 있음을 증명할 길이 없기 때문에

지속적으로 몸과 마음에 관여하는 것이다.

그러나 우리의 삶은 영원하지 않다.

이 몸과 마음은 한때의 일이다.

끊임없이 흐르는 강물은 결국 바다에 이르면 거대한 물결 하나가 된다.

물리적인 현상을 통해 기화하거나 승화를 하여

자신의 성질을 바꿔가면서 존재하는 것일 뿐

강물은 이미 사라지고 없는 것이다.

우리가 강물로 보고 있을 때만 강물을 인식할 수밖에 없는 것이다.

그럼에도 우리는 나라고 하는 이름과 모양에 집착하면서 살아간다.

내가 영원해지기를,

끊임없이 강물로 흘러주기를 기대하면서 살아간다.

그러나 결국은 사라지는 존재의 상실감으로 인해

허무해질 수밖에 없는 것이다.

나라고 하는 이름과 모양의 영원성을 갈구함에 따른 고통은 불가피한 것이다. 영원하지 않은 것을 영원하다고 생각하고 그렇게 집착하므로 해서 지금의 삶에 만족하지 못하고 불행한 것이다.

고통이란 덧없는 것들에 대한 집착에서 오는 것이다.

우리 인간들의 몸은 매 세포가 매일매일 교체하여 7년마다 완전한 탈바꿈을 한다고 한다.

10년 전의 나는 지금의 나와는 완전히 다른 사람이 된다.

10년 전의 아들이 지금의 아들이 아니고,

10년 전의 친구가, 아내가, 이웃들이 지금의 그들이 아닌 것이다.

적어도 몸으로서의 실체는 그러하다는 것이다.

생각 또한 10년 전의 생각이 현재와 같다고 할 수 있는가?

우리가 기억하고 있는 것들이 희미해졌거나 그동안 살아오면서

수집한 정보로 인하여 기억의 재구성을 하게 된다.

예전의 기억이 지금의 기억과 같은 기억은 아닌 것이다.

이어지는 생각들의 연속,

재생에 재생을 거듭하는 생각들에서 과연 어떤 생각이 나의 것

인가?

그 생각들은 나의 생각들이 아니고 다만

인연 따라 올라오는 순간순간들의 생각일 뿐이다.

그러하듯 한순간도 고정된 내가 존재할 수 없음을

간디는 '인간은 강물처럼 흐른다'라고 설파하고 있는 것이다.

우리가 처해있는 고통이나 슬픔에 더이상 가슴 아프지 말자.

우리 삶에서 영원한 것은 없는 것.

아픔도, 슬픔도, 괴로움도 강물처럼 흘러가버릴 것임을,

즐거움과 행복 또한 영원하지 않을 것임을 알아서

지금 주어진 길을 묵묵히 걸어가야 하리라.

모든 것은 변해간다는 사실을 알아서

소중한 지금 이 순간을 살아있도록 하자.

나에게로의 여행

호흡은 나에게로 가는 여행의 출발점이자 종착점이다.
들이쉬고 내쉬고 들이쉬고 내쉬다 보면
마음이 고요해지기 시작하고 몸이 이완되기 시작한다.

올라오는 생각들을 흘러 보낸다.
강둑에서서 흘러가는 강물을 바라보듯이
올라오는 생각들의 잔상들을 그렇구나 하고 알아차리고
한번 쓰다듬어 주고 흘러 보낸다.

생각에 함몰되지 않고 생각에 끄달리지 않고
생각에 개입하지 않고 다만 흘러가도록 내버려 둔다.
다만 주시하고 있다.

한 번에 한 생각밖에 일어나지 않으므로
한 생각 일어나면 보내주고, 한 생각 일어나면 또다시 보내준다.

끊임없이 일어났다가 사라지는 것을 다만 바라본다.
강둑에 서서 흘러가는 강물을 바라보듯이 지켜본다.
강물이 흐르면서 만들어 내는 바람을 맞이한다.

시원하고 후련해진다.

일어나는 모든 생각들은
조건에 의해서 일어났다가 사라지게 되어 있으므로
그것은 영원하지 않고 실체가 없다고 하는가 보다.

흐르도록 지켜보자.
눈에 보이는 것 귀에 들리는 것 느껴지는 것 생각나는 것을 알
아차리고 사라져 가도록 내버려 두어야 한다.
내가 느끼고 생각한다고 하지만 업에 의해서 그렇게 일어나는
것일 뿐 그것이 옳고 그른 것은 아니다.

내가 생각하고 느끼는 것은 다만 그러한 것일 뿐,
어디에도 묶어두고 정착시켜서
키울만한 것은 아니다.

오직 이날이 유일한 날인 듯

오늘이 유일한 날인 듯 여기게 해주세요.
소중한 사람들에게 따스한 손길로 따뜻한 웃음으로
부드러운 말씨로 위로하게 해 주세요.

오늘은 가을의 한 날입니다.
나무들은 열심히 제 잎을 물들여가고,
또 다른 생을 이어가기 위해 떨켜를 준비를 합니다.

우리도 언젠가는 일몰 앞에 설 때가 있겠지요.
그러하듯 지금의 날들이 더욱 소중한지도 모릅니다.
지금 이 순간, 바로 여기가 가장 환한 꽃자리임을 알아야 합니다.

세월은 가고 오지만 지금 이 자리는
지금 이 순간을 바라볼 때 생겨나는 것입니다.

우리는 가끔씩 자신을 제대로 바라볼 때가 있습니다.
마음이 고요해지거나 세상이 평화로울 때 말입니다.

하지만 대부분의 시간들은 대상에 끌려 다닙니다.

여기 저기 탐색하며 끊임없이 갈구하는 마음으로
세상일에 관여하고 헤매고 다닙니다.

내 것과, 나의 것, 나와 나의 모든 관계되는 것들을 위해
전사처럼 이리저리 달려가서 쟁취하고 매달립니다.

미친바람이 초목을 휘감고 삼키듯이
우리의 원하는 마음들이 거세지면
주변사람들과 주변 것들을 삼키곤 합니다.

모든 것을 내려놓을 때 고요해집니다.
고요한 그 자리는 본래 놓여져 있는 것입니다.
하지만 우리가 집착하는 순간 회오리바람이 불어
불안이 주변을 어지럽게 합니다.

고요한 자리를 찾아 헤매고 다니지 말고
그냥 모든 것을 놓으면 바로 그 자리인 것입니다.
구름이 지나면 어둠이 개이는 것처럼 말입니다.

가을은 맑음입니다.
모든 것을 놓아가기 때문에 맑아지는 것입니다.
본래의 자리를 되돌려 주는 시기이기 때문에 겸허해집니다.
때론 외롭고 고독하지만 내려놓는 계절이라서 고요합니다.

평화롭습니다.
하늘하늘 춤추는 나비의 춤사위가 마지막 꽃잎의 삶을 위로합
니다.

가을은 바람과 함께 깊어집니다.
바람은, 가을에게 많은 것을 전해줍니다.
한때의 희망과 기쁨, 아픔과 상처를
가지런히 햇빛에 널어 말립니다.

가을은 사랑이 완성되고,
더이상 집착의 끈을 붙잡지 않습니다.
본래의 자리로 돌아가게 해주기 때문입니다.
가을은 추억의 길을 되돌아보는 계절입니다.

우리가 걸어왔던 길을 빤히 바라보면,
지금의 내 모습이 보이기 때문입니다.
가물가물 기억에 한계점이 찾아오면,
무명의 곳으로 시선을 보내보기도 합니다.

우리가 걸어왔던 길을 지워나가는 길이기 때문에 그곳을 괴로
움 없이 바라볼 수 있어야 합니다.

지나가버린 것들은 기억으로만 남습니다.

기억으로만 생을 이어갑니다.
그러하듯 우리의 삶이란 기억 위에서 위태롭게 살아가는 꿈같은 날들의 연속입니다.

그러하기에 집착할 것 없는 삶입니다.

가을은 이 같은 길들이 보입니다.
하늘이 맑고, 세상은 고요해지고,
꽃이지는 자리가 본래 꽃자리임을…

이별하는 그곳이 다시 만나는 길임을…

죽음의 자리가 바로 탄생의 자리임을
이 가을에는 알 수 있는 것입니다.

죽음 저 너머에 있는 것들

우리는 어디에서 왔는지도 모르고
어디로 가야 하는지도 모릅니다.
저 언덕 너머에는 소쩍새 울음소리만 들리는데
우리를 떠난 이들은 어디에 가 있을까요?
아무도 아는 이 없으니 소식을 물을 길 없습니다.
나 또한 한 생을 다해 저 언덕 너머로 가버릴 텐데,
누가 나의 안부를 묻겠습니까?
혹 묻는다고 하여도 대답해 줄일 없고,
대답을 들을 수 없으니,
우리는 무엇으로 이 세상에 태어났으며
무엇 때문에 살고 돌아가는지 알 길이 없습니다.
다만 내가 겪고 있는 한살이에서
우리가 어디서 왔는지를 알아볼 수밖에 없습니다.
지금 우리가 사는 모습으로 다음 생을 예측할 수 있다고
선 지식인들은 이야기합니다.
찰나 생 찰나 멸,
순간순간 일어나고 사라지는 생각과 몸의 현상 속에서
삶과 죽음이 있지 않을까요?
씨앗이 싹을 틔워 자라고 열매 맺고

씨앗을 만들 때까지를 한 생애로 본다면.
앞의 씨앗이 지금의 씨앗은 분명 아니지만
그 씨앗으로 인해 현재의 씨앗이 되었으며,
씨앗의 속성을 그대로 이어 받아서
또 다른 토양과 기후와 햇볕과 자양분으로
한 생을 살아가는 것처럼 말입니다.

오늘 하루

하루를 시작한다.
오늘 같은 날이 앞으로 얼마나 남아 있을까?
이별하기 좋은 아름다운 계절이다.
낙엽은 빛나는 이별을 준비하면서 떨어져 흩어져간다.

낙엽 떨어진 거리를 얼마나 걸을 수 있을까?
호젓한 시간을 가질 수 있을까?
하늘은 맑아서 금방이라도 눈물을 흘릴 것 같은 날
소중하고 귀한 날이다.

지구별 한 귀퉁이
이름 모를 풀처럼 나 또한 스러져 갈 것임을 느낀다.
소중하고 감사한 날이다.
사랑으로 충만한 날이다.

모두가 행복한 미소를 지어 주기를
감사하며 사랑하기를…
그런 마음을 유지하기를…

생각은 바람과 구름 속으로 흘러 보낸다.
빛나는 흐름 속에 흘러가도록
지켜보면서 따뜻한 시선으로 인사를 건네며 떠나보낸다.

주변을 기웃거리는 수많은 일들과 사람들 속에서도
환한 자리에 앉아 지켜볼 수 있도록
마음을 놓치지 않기를…
마음을 맑힐 수 있기를…

몸과 마음

몸은 나 아닌 것들로 이루어져 있다.

몸은 음식이다.
섭취한 음식물과 공기와 햇살이고
살아가는 환경이 나의 몸을 만들어간다.

마음 또한 내가 아니다.
끊임없이 올라오는 생각들은
앞서 보고 배우고 경험했던 것들의 집합체이다.
원래 있던 고유한 것이 아니라
모든 관계 속에서 학습되고 경험되어온 것들로 채워져 있다.

그래서 몸에서 일어나는 모든 것들은
나와 상관없는 것들이고
마음에서 일어나는 생각과 감정 또한 나와는 무관한 것이다.

모든 것은 자연 발생적이다.
인연 따라 일어나고 사라지는 현상에 불과한 것이다.

우리 앞에 나타난 모든 현상들은 자기의 생각대로
각색해서 만들어낸 이야기에 불과한 것이다.
자기의 지식과 경험으로 해석하고 분별해낸 이야기에 불과한 것
이다.

맑은 가난을 꿈꾸자

맑은 가난을 꿈꾸어 보는 날입니다.
마음에 바라는 바 없이 자족하는
삶을 살려면 어떻게 해야 하는지 곰곰이 생각해 봅니다.

탐욕이 없는 가난한 삶을 살고 싶습니다.
음식을 적게 먹고, 물을 아껴 써야겠습니다.
꼭 필요한 것만 쓰도록 노력을 해야겠습니다.

탐욕으로 행하지 말고 보다 단순하게 소박하게 살고 싶습니다.
적은 소유로도 만족하고 남에게 베풀기를 좋아하고
지금 이 자리에서의 행복을 느끼며 살아가야겠습니다.

공기와 나무와 하늘과 햇살과 물의 소중함
고마움을 가슴 깊이 느껴봅니다.
그러면 행복감과 충만감이 밀려들 것입니다.

잎을 떨궈내고 빈 몸으로 서 있는 나무에서
맑고 청아한 소리가 들립니다.
아무것도 가지지 않고 오로지 몸 하나만 유지하기 때문에 맑고

향기로운 것입니다.
 작은 것들이, 소박한 것들이 아름다운 계절
 텅 빈 겨울 길을 걸어가 보고 싶습니다.
 깨끗한 마음을 느껴봅니다.

 하얀 눈빛보다 더 눈부신 자리
 맑은 하늘보다 더 투명한 그곳
 세상을 향한 아름다운 미소를 보내고
 따뜻한 마음이 고요히 앉아있는 곳

 맑은 가난을 꿈꾸어 보는 날입니다.

어떤 날의 이야기

나라고 믿고 살아온 길 돌아보니 아득하구나.
먼 길이라 생각했는데 순간이구나.
아득한 시간과 순간은 느낌의 차이일 뿐
시간의 개념은 지나온 세월로는 알 수가 없는 것이구나.

먼 길 위에서 나의 여행은 어떠했는가?
즐거운 일이 많았을까?
슬픈 일이 많았을까?
행복한 일이 많았을까?
괴로운 일이 많았을까?
가늠할 수는 없지만 이만큼 흘러와서 보니
슬픔도 괴로움도 즐거움도 행복도 너무 아득하여 꿈만 같구나?

한때의 지독한 괴로움을 지나고 보니
그렇게 힘든 것이 아닐 수 있다는 것을 알겠구나.
기쁨에 넘쳐 환희에 젖어보던 순간들도 영원하리라 생각하였는
데 세월이 흐른 지금 보니 허망한 꿈같구나.

꿈속의 일

무엇에 이끌려 지금까지 온 것인가?
나를 여기까지 데불고 온 것은 무엇인가?
몸인가?
마음인가?

나는 무엇이고, 어떤 느낌의 주체인가?
느낌의 주인은 몸인가?
몸의 주인이 느낌인가?
나라고 굳게 믿고 의지해온 물질과 정신,
이것은 얼마나 나약하고 의지할 수 없던 것인가?

지금까지 살아왔다고 생각하는 것은 착각이다.
온종일 걸어도 끝이 없는
헤매고 다녀도 찾을 수 없는 길

끊임없이 흘러 다니다
생을 마감해야 하는 하루살이처럼
나 또한 그렇게 살다갈 것임을 알겠다.
사실은 살아져 왔을 뿐이다.
나의 모든 생각과 느낌들은 다만 학습된 것들이다.

"수처작주" 머무르는 곳마다 주인이 되어야 하는데,
그렇게 되려면 늘 깨어 있어야 한다.

가는 곳을 알고
있는 곳을 알고
올라오는 생각들을 지켜볼 수 있는 주인공이 되어야 한다.

호흡
지금 이 순간의 호흡과 같이 산다.
호흡으로 걸어 다니고
호흡으로 웃고
호흡과 함께 슬퍼하고
호흡과 같이 분노하고
호흡으로 일렁이고
호흡으로 세상을 가늠해야 한다.

지금 이 순간의 일 또한 잊지 말 것,
순간순간을 기억할 것
지금 내가 하는 일을 똑똑히 바라볼 것

그리고 다시
들숨과 날숨을 기억할 것
들숨과 날숨을 잊지 말 것

일어나는 많은 생각들의 파편들을
하늘에서 흩날리는 눈을 바라보듯이 그렇게 바라볼 것

세상을 영화의 한 장면을 바라보는 것처럼
그렇게 바라볼 것,
내가 주인공이 되어 연극처럼
그렇게 한세상 살다 가면 될 것이다.

그러나 그 주인공은 다만 영화 속의 주인공인 줄 알아야 한다.
모두는 스크린 위에 나타난 한바탕 이야기일 뿐임을 알아야
한다.

따스함의 지속에 대하여

차 한잔을 우려낸다.
찻잎을 넣고 뜨거운 물을 붓는다.
똘똘 뭉친 찻잎들이 뜨거운 물에 자신의 몸을 풀어 헤친다.
그동안 숨겨두었던 비밀을 누설하고 있다.

몇 몇의 찻잎들은 끝까지
자기의 몸을 말아 풀어낼 생각을 않는다.
아마 좀 더 깊은 상처, 좀 더 뜨거운 불에
자신의 상처를 댄 탓일 게다.
상처는 깊을수록 드러내기가 힘든 것이다.
뜨거운 물은 그들의 상처를 뜨겁게 안을 것이다.

찻잔에 풀어지는 찻잎의 상처를 아물게 하는 시간이
내 마음을 치유하는 시간과도 같다.
가만히 찻잔을 따스한 찻잔을 양손으로 감아쥐면
찻잔과 나와 뜨거움이 하나가 된 듯하다.

눈으로는 따뜻한 김이 올라오는 것을 바라보고
코로는 차 향기를 맡으며 목으로는 은은한 차 맛을 느낄 수 있

으니

차와는 오랜 동안 친구처럼 그렇게 가슴으로 다가온다.

차사발의 동그란 선을 따라 차향이 머무르면
세상이 둥글게 돌아가는 것 같다.

둥글다는 것,
둥글게 퍼져나가는 것에 의해서 상처는 아물 것이다.
이웃들의 상처도,
나의 상처도,
우리 모두의 상처도 아물어 갈 것이다.
그동안 묵혀두었던 시간 동안의 그리움과
슬픔과 괴로움과 견딤의 시간들로 인해 차 맛은 더욱 우러난다.

차의 상처가 깊은 맛을 내게 하는 것과 마찬가지로
우리의 삶도 상처가 없으면 향기가 나지 않을 것이다.
생의 상처를 받아들여서 온전히 우려낼 수 있는
삶의 기법을 개발하는 것이 살아가는 맛을 좀 더 깊게 느낄 수
있지 않을까 싶다.

하루하루의 삶 중에 올라오는 상처의 생각들,
슬픔, 아픔, 기분 좋지 않은 많은 생각들은
누대에 걸친 상처의 모습들의 다름 아니므로

그것을 회피하거나 거부하지 말고 받아들이자.
뜨거운 물에 녹여서 우려내자.

그 모두가 삶의 맛이므로,
온전히 맛볼 수 있도록 하자.
다만, 그 맛에 취하지 말고 그 맛을 느끼기만 하자,
언젠가는 그 맛들도 사라질 것이기 때문에
그런 맛이다 하고 마는 것이다.

그 맛에 취하지는 말자.
상처도 상처로 인한 생각들도 다만, 그러한 것임을 알고
거기에 빠져 허우적거리지는 말 것이다.
그러면 언젠가는 많은 상처들도 아물 것이며
상처로 인한 생각들도 맑은 마음으로 대체가 될 것이다.

오랜 시간동안 축적되어온 이 생각들은 본시 내가 아닌 것,
기억, 추억, 지나온 흔적들은 그러한 한 사건에 불과한 것임을
알아야 한다.

이 몸뚱이 스스로 만들어내는 것이 아니고,
그 상황이 만들어낸 것이다.
우리는 우리가 아닌 것들로 이루어져 있기 때문이다.
우리의 몸은 다른 사람이 가꾸고 수확한 것을 먹고 유지하며

살아간다.

음식의 정수인 몸은 모든 사람들이 섭취하고 있는 것들과 같은
음식으로 만들어진 것이다.
생각 또한 그때 그 상황, 그 사건들이 인연과 조건에 의해 끊임
없이 축적된 것에 불과한 것이다.
생각은 그전에 있던 정보이다.
이 몸을 받기 전부터 이어져 온 생각들의 연속이다.

생각은 끊임없이 흘러가는 강물처럼 흘러가는 것이다.
흘러간다는 것은 이미 사라지고 없는 것,
한번 일어난 생각은 다시는 일어나지 않는다.
다만 재생될 뿐이다.
끊임없이 타오르는 촛불처럼 순간의 연속일 뿐이다.
그러므로 우리는 자신을 있는 그대로 받아들이고 흘러 보내야
한다.
집착하지 말아야 한다.

순간순간을 깨어서 바라보기만 해야 한다.
그래서 늘 깨어 있으라는 이유가 거기에 있는 것이다.
깨어 있지 않으면 나 자신을 고집하게 된다.
생각이, 춤추는 생각이 자신이라고 알고 있으므로
고통과 아픔과 슬픔에 빠져 허우적거릴 수밖에 없는 것이다.

그렇게 살아가지 않으려면 현재의 순간으로 자꾸 돌아와야 한다.

끊임없이 돌아와야 한다.

생각의 흐름에 끌려가지 말아야 한다.

깨어 있는 시간

우리는 얼마나 깨어 있는 시간으로 삶을 살아갈까요?
아침에 허둥지둥 일어나서 세수하고 밥 먹고
시간에 맞춰 버스를 타거나 차로 출근,
사무실에 들어와 하루종일 일과 씨름하다가 지쳐
퇴근 후에는 동료들과 저녁을 먹고 회식을 하고
집으로 복귀하여 지쳐 잠들 때까지,
얼마나 깨어 있을 수 있을까요?
순간순간 깨어 있으리라 다짐을 해 보지만
어느덧 생각에 사로잡혀 하루를 소비해버리고 맙니다.
하루하루를 이렇게 보내고 나면 일 년이 훌쩍 가버릴 것이고,
한 해 두 해 보내다 보면 어느덧 죽음 앞에 서서
두려움에 몸서리를 칠 것입니다.
깨어 있는 시간을 늘리려면 아침저녁으로 명상수행의 시간을
가져야 합니다.
아침의 수행은 낮시간 동안 깨어 있게 해 줄 것이고,
밤의 수행은 지나온 것들을 정화 시켜줄 것입니다.

잠자는 시간을 줄이라

우리에게 주어진 시간은 그리 많지 않다.
시간의 잔고는 아무도 모른다.

'쇠털같이 많은 날' 어쩌고 하는 것은
귀중한 시간에 대한 모독이요 망언이다.

시간은 오는 것이 아니라 가는 것
한 번 지나가면 다시 되돌릴 수 없다.

잠자는 시간은 휴식이요 망각이지만
그 한도를 넘으면 죽어 있는 시간이다.

깨어 있는 시간을 많이 갖는 것은
그의 인생이 그만큼 많은 삶을 누릴 수 있다.

자다가 깨면 다시 잠들려고 하지 말라

깨어 있는 그 상태를 즐겨라
보다 값 있는 시간을 활용하라

— 법정스님

수행의 길

생각과 생각 사이를 알 수 있을까요?
끊임없이 올라오는 생각의 쓰레기들이 사라진 곳
우린 얼마나 지금 이 순간을 살아낼 수 있을까요?
내가 가고 없다면
이 순간 피어난 꽃들은 얼마나 눈물겨울까요?

저만치에 서서
별의 시선으로
지금의 내 모습을 바라봅니다.
별이 나에게 당도하기 전에
나는 이곳을 떠나려 합니다.
아픔이 그곳에 있기 때문입니다.

하늘을 바라봅니다.
마음 깊은 곳의 나를 바라봅니다.
우리가 걸어온 길은 고난의 연속입니다.

겨울이 찾아와 온전히 계절을 맞이하려면
시린 발의 수고로움을 견디지 않을 수 없습니다.

수행자들은 그런 길을 가는 사람들입니다.

외롭고 힘들지만 그렇게 홀로 가야 합니다.

길은 가시밭길이 될 수도 있습니다.

하지만 그 길을 가다보면 언젠가는 피안의 언덕에 도달할 수 있을 것입니다.

3부

별빛이 유난히 총총한 날에
발 시린 기억들이 가슴으로 차올라
그대의 날 선 기억이 노래가 되고,
음악이 되고 꽃이 되고,
한세상을 이루고 있습니다

찬란한 형상으로
찬란한 눈물로 깜빡거리고 있습니다

2월이 오면

고단했던 날들의 뭉친 근육을 풀어주고
피부 속으로 따스한 공기가 스밀 수 있도록
몸의 공간을 부풀릴 준비 운동을 하는
이월의 첫날입니다.

뭉친 몸을 풀어줄 이월에는
모든 사람들이 행복해지기를 간절히 기원합니다.
주변 사람들이 행복해야
나 자신 또한 행복해지기 때문입니다.

모든 것을 기다리는
2월의 강가에서 바람을 맞이해 봅니다.
기억 속에 있는 것들이 아닌
바로 느낄 수 있는
온몸으로 전율할 수 있는
존재의 심연 속으로부터 솟아나오는 에너지를 느껴봅니다.

2월의 속삭임을 가만히 들어보세요.
곧 요동칠 세상을,

물밀듯이 올라온 파동의 울렁임을 감지해보세요.

2월은 가만히 기다리다가
완벽한 승천을 꿈꿉니다.
겸손한 마음으로 준비하고 있다가
순간의 터짐으로 세상을 하나로 만드는 것입니다.

2월이 오면 떠나간 사람들이 다시 돌아오고
슬픔을 몰고 오던 바람도 잠이 들면
숨 고르기 한 번 하고
깊은 잠을 청해볼 수도 있을 겁니다.

봄 한 철

새들은 나뭇가지 사이로 바쁘게 오고가고
햇살은 종종걸음으로 잎과 잎을 건너간다.

시간은 삶의 가지사이로 바쁘게 오고가고,
사람들은 시간 사이를 끊임없이 걸어간다.

모든 것들이 지나가는 데 이를 지켜보는 것은 무엇인가?

봄 한 철 피어나는 꽃처럼

겨우 오늘 하루를 살았다.

봄의 첫날
나는 줄곧 가을의
끝을 생각하네
― 바쇼

4월의 비

싸락눈 같은 비가 옵니다.

단단하게 뭉친 사연들이
비가 되어 흘러내립니다.
희망은 비에 녹아 흘러가버리고
깊은 절망 또한 빗물을 이루어
강으로 바다로 흘러갑니다.

애써 찾아야 할 것도, 찾을 것도 없는데,
여기까지 흘러오면서 무엇을 보았을까요?
긴 세월 동안 걸어온 길 위에서 뒤돌아보면 무엇이 보입니까?
세월의 파고는 일어났다 사라질 뿐인데…

그대의 모습이 보이시나요?
자신이라고 할 만한 것들이
서로의 손을 잡고 와락 눈물을 흘리시나요?
반가움에 어깨를 두드리며
그동안 힘들었던 순간들을 위로해 주시기도 하는가요?
이렇게 비가 내리는 날이면

눈 깜박이던 어린 시절과 아이들이 생각나시나요?

훌쩍 떠나온 시간은 종이처럼 얇아서
비가 내리는 소리를 받아낼 수가 없습니다.

태어나서 죽음에 이르기까지의 시간들을 차곡차곡 쌓으면 결국
은 종이 한 장의 두께로 남겠지요?
우리가 견뎌온 시간들은 결국은 햇살에 비치는 창호지처럼 바
스락거리는 한 사건으로 결말이 나겠지요?

스며드는 비의 특성으로 인해 우리의 가슴과 생각에까지 스며
듭니다.

비는 생각에 잠겨서 끝없이 흘러갑니다.
이렇듯 많은 생각들이 비처럼 흘러갈 뿐입니다.
흘러갈 뿐인 삶…
애착이 필요 없는 순간입니다.
우리가 꿈꿔왔던 것들은
한 장의 종이가 되어버릴 것이기 때문입니다.

4월의 비가 내립니다.
삶의 어느 한 시점인 오늘의 비가
또글또글 지상에 떨어져 흘러갑니다.

어느 한 날 우리는 살아있었고,
어느 한 날 우리는 죽어가고 있었고,
어느 한때 우리는 이미 이 세상에 없겠지요.

4월의 비가 끝없이 내립니다.
생각의 비는 내려서 흘러갑니다.

하염없습니다.

꽃 지고 느티나무 잎 피고

느티의 여린 싹들이 부드러운 얼굴로 바람을 부비고 있습니다.
한철 아름다운 날들이 지나가고 있습니다.
감사하고 고마울 따름입니다.

느끼는 대로 바라보고
바라보는 대로 존재합니다.

비록 꿈같은 날들이지만
꿈속의 일처럼 허망한 것이지만
세상은 아름다운 것입니다.

아름다운 세상을 있는 그대로 바라볼 줄 알아야 합니다.
굳이 자연의 순환구조를 이해할 필요는 없습니다.
하지만, 아름다운 눈으로 아름답게 바라볼 줄 알아야 합니다.

바람 부는 언덕에 서서 환하게 떠오르는 태양을 바라보며
몸속 에너지가 충만해져 오는 느낌을 느껴야 합니다.

새싹들이 일제히 손을 들고 하늘을 향해 기지개를 켜고 있습

니다.

온 우주가 들썩입니다.

땅들도 부풀어 오르고 눈을 뜨고 새 생명을 탄생시키고 있습
니다.

세상이 환한 미소를 짓고 있습니다.

내 품으로 들어오라는 듯이 넓은 가슴을 펼치고 있습니다.

냇가에는 버들강아지가 알을 품었습니다.

새들도 바람에 날개를 씻고 날아갑니다.

개구리는 금방 잠에서 깨어난 듯 눈을 끔뻑입니다.

산 숲에서는 휘파람새 휘파람을 불고 있습니다.

햇살은 쟁기로 갈아 엎어놓은 흙 더미에 살포시 앉았습니다.

땅에 엎디어 귀를 기울이고 있는 풀들의 모습이 소란 소란합
니다.

바람이 훅 하고 지나가자 일제히 몸을 흔들어 댑니다.

그야말로 황홀한 장면입니다.

교향악이 연주되고 있는 아름다운 무대입니다.

느티나무 잎 피어날 즈음엔 모든 것들이 아름답습니다.

한철 아름다운 시간이 지나가고 있습니다.

그 잎 위에 흘러내리는 햇빛과 입 맞추며
나무는 그의 힘을 꿈꾸고
그 위에 내리는 비와 뺨 비비며 나무는
소리 내어 그의 피를 꿈꾸고
가지에 부는 바람의 푸른 힘으로 나무는
자기의 생이 흔들리는 소리를 듣는다.

— 정현종의 '사물의 꿈1'

바람이 전하는 말

오늘 하루 잘 살았습니다.
내일 또한 어김없이 우리들 곁에서 서성거릴 것입니다.

세상은 끊임없이 유전하는 것으로 사물을 인식하고
시간과 공간을 알 수 있는 것입니다.

아름다운 한때입니다.
나뭇잎들이 붉어지면 한 해가 저물어 가는가 싶습니다.
"어디론가 떠나고 싶어지면 가을이다"라는 시인의 말이 아니더
라도
가을은 우리 곁에 있습니다.

가을바람이 전하는 말을 가만히 들어봅니다.
이 순간의 느낌을 느껴봅니다.
맑고 깊은 곳으로의 여행
가을의 중심에 서 있으면
순수했던 시절로 돌아가기도 합니다.

계절을 온전히 받아들여 봅니다.

계절은 이야기를 만들고
아름다웠던 순간들을 기억해 냅니다.
아픔을 치유해주고 다시 먼 길을 갈 수 있도록 힘을 실어 줍
니다.

먼 길을 떠나는 간이역 대합실에 앉아있습니다.
길게 놓인 철길 따라 기억의 사람들이 기차를 타기 위해 서 있
습니다.

길게 늘어진 기억의 저편에서 기차의 경적소리가 울립니다.

가을에는

저물어 가는 가을 들녘을 바라봅니다.

무엇을 두고 간다는 것은 쓸쓸한 일
하지만 짙은 고독이 나를 휘감더라도
자신을 또렷이 바라보아야 합니다.

우리는 늘 만나고 헤어짐을 반복하며 살아갑니다.
하지만 똑같은 순간은 한 번도 없습니다.
지금 이 순간은 오직 한 번뿐이며 잠시 머물다 떠나는 것입니다.
가을은 그런 사실을 알아차리도록 계절 속으로 우리를 데리고
갑니다.

저물어 간다는 것은
지금의 삶과 죽음,
죽음 이후의 삶이 이어져 있다는 것
우리가 걸어온 길 따라 인연 따라 연결되어져 있다는 것입니다.
가을은 살아온 날들을 기억하며 죽음으로 안내하는 길잡이 역
할을 합니다.
그래서 가을에는 더욱 겸손해지는가 봅니다.

좀 더 내려놓고 가벼워지기도 하는가 봅니다.

가을에는 손끝에서도 맑은 기운이 묻어난다.

가을의 징검다리를 걸어가면 환한 햇살이 발목을 어루만져 준다.

맨드라미는 부끄러움을 완전히 드러냄으로 해서 부끄러움을 극복

한다.

딱 백일만 사랑한다면 저렇게 붉게 피어날 수 있을까.

가을은

바짓가랑이에 묻은
이슬에 묻은
먼지에 묻은
가을이라는 놈
나의 추억거리를 가지고 희롱하고 있다.
수묵화의 붓끝처럼
이리저리 다니며 세상을 그려내고 있다.

산으로 가면 산수화
들녘으로 가면 풍경화
과일을 익게 하여 정물화
가을의 붓끝은 맑고 자유롭다.

가을은 기도의 계절
하얀 자작나무 껍질에 기도문을 새겨서
생명들에게 한없는 자비의 말씀을 전해주시기를…
눈을 감으면 보이는 것들
스쳐지나가는 것들
바라보는 것들에 의해 다시 바라보는 것

아득한 미래에 본 것을 포함한 모든 생명들에게도
사랑의 말씀이 스며들 수 있도록 기도해본다.

2015년 가을

2015년 9월 8일 화요일 오후
투명한 바람이 명치끝을 스치고
허공으로 수많은 얼굴들이 지나간다.

어디에서 시작되었는지
언제 끝날지도 모르는 길 찾기가 병처럼 찾아오면
가을은 오는 것이다.

나를 찾아다니는 나는 누구인가?
길가에 앉아서 지나가는 것들을 바라본다.
낯선 길 위에서 바라보면
문득 길을 잃고 헤매는 것들에서 나를 비춰본다.

가을은 가을이라는 발음 속에서 튀어나와
공중으로 날아간다.
파란 물감으로 채색된 맑은 하늘
'누군가가 그리워지면 가을이다'라는 말처럼
가을은 문득 그리움이다.

그리움은 쓸쓸함과 함께 오는 것
또한 쓸쓸함은 맑은 눈물과 함께 오는 것
마음이 따뜻하다는 것은 쓸쓸함이
가슴을 비워주었기 때문이다.

가을에 기대어 쓸쓸을 어루만지면
그리운 사람들이 지나간다.
가을에 서서 따뜻한 가슴을 안으면
슬픈 사람들이 다가선다.

애틋하고 그립고 따뜻한 세상의 가을을

지금 만나고 싶다.

쓸쓸함에는 주소가 없다

파란 하늘이 사막같이 눈 감을 때
어디에도 없을 너의 얼굴
한 번도 층계를 올라가거나 내려간 적이 없는
미지의 꿈들이 헛 창으로 눈을 내밀 때
빨간 칸나의 혀를 날름거리며
생을 탐닉하는 시간의 햇살을 어루만지면

문득 그때 물기둥이 솟아올라

하늘은 고요한 바다가 된다

쓸쓸함에는 주소가 없다

— 박영대의 '쓸쓸함에는 주소가 없다'

다시 가을에

아무에게도 부치지 않는 편지를 쓴다.
올해의 가을이 내년에도 올까?
지금 이 순간 꽃을 피워내고
저물어가는 것들과 함께
우리의 한 때도 저물어가고 있지만
갈 곳을 알지 못한다.

나뭇잎은
자기만의 색깔을 입혀서 편지를 쓴다.
가지들은
결국 툭하고 자기의 생을 마감한다.
우리가 왔던 곳은 어디일까?

이 육체가 저물어 가면
결국 흙으로 바람으로 흩어져 갈 것인데
남아 있는 것은 무엇일까?
행위 했던 흔적들만 남는 것인가?
어떤 에너지체로 남는 것인가?

개체로서의 존재는 사라지고
하나의 에너지 장에서 벌어지는 한바탕 춤사위인가?

가는 길 멀고도 아득하여라.
내가 살던 고향은 사라졌는데,
고향을 그리워하는 마음은 더욱 절절해지는구나!
어디에 가서 이 마음을 달래볼까?

그리움은 배를 타고
끝 모를 곳으로 흘러가는데
어느 기슭에 닿아서 휴식을 취할 수 있을 것인가?

두 눈을 감으니 눈물이 흐를 것만 같아
애써 하늘을 바라본다.
하늘은 눈부신데,
한때의 지나감이 왜 이리 시리도록 아름다운지
바람에 얼굴을 씻고 온몸을 가을 속에 맡겨보니
아!
끝없는 환희와 기쁨이 뼛속으로 스며들어
풍선을 타고 날아오르는 듯하다.

물결치는 가을 들녘
코스모스, 억새들 서로의 손을 잡으면

세상은 하나가 된다.
원망과 분별하는 마음 없이 하나가 되어 춤을 춘다.

가~을
가을이라고 발음하면
입이 동그랗게 모이는 것처럼

너와 나 하나가 되는

이 가을에

삶과 죽음은 "한순간도 단절되지 않는 전체"
또한 "쉴 새 없이 흐르는 움직임" 가운데서
둘로 나뉘지 않는 하나로 합치되어 있다.
— 17세기 티베트의 위대한 스승 체레나 측랑돌

11월

마지막 남은 가로수 잎 하나
시멘트 보도 위에 떨어진다.
벌레 먹은 구멍 사이를 빤히 바라본다.
온 힘을 다해 버텼을 일생이
찬란한 11월의 햇살에 비켜난다.
노란 풍선을 달고
파랗게 질린 아이의 얼굴이
또 하나의 풍경에 매달린다.
11월에 뒹구는 낙엽은 대책이 없다.

봄부터 만들어 낸 이야기는
사라져 버렸다.
죽음에 관한 이야기만 남기고
쓸쓸히 저물어 가는
기막힌 생애
무슨 이야기를 전하고자 하는 것일까?

눈 내리는 세상

집들이 풍경처럼 다가온다.
하얗게 지붕을 도색한 도시의 지붕은
오랜만에 청소를 한 듯 깨끗하다.
길에는 다시 사람의 길을 만들기 시작했고,
시커멓게 드러나는 바닥의 실체
눈 쌓인 곳을 사람들은 길을 내며 걸어간다.
서로 비교하고, 구분하던 때를 잊어보라고
서로의 마음을 이어주려고 밤새 저렇게 눈이 내렸는가 보다.
하지만 사람들은 다시 길을 내어 이쪽과 저쪽을 구분한다.
우리는 따뜻한 그때를 기억해야 한다.
평화롭고 아름다운 시절을 만들어야 한다.

눈사람에 대해 나눈 말
눈사람과 함께
사라지네
― 시키

잠깐 멈춤

잠깐 멈추는 동안
주변은 고요해진다.
발길을 멈추면 마음 또한
멈추는 순간이 온다.
주변의 것들과 대화를 나눌 수 있는 여건이 조성된다.

산길을 걸어가다가 멈추면
나뭇잎이 햇살에 초록 은빛으로
흔들리는 모습을 볼 수 있다.

참나무의 껍질에 저장되어 있던
아름다운 새소리 들리는 듯하다.
바람이 얼굴을 쓰다듬고 간다.
햇살이 눈을 따뜻하게 한다.

잠깐 멈추는 동안
발바닥으로부터 전해져 오는
흙의 감촉
카랑하게 공기를 가르면 날아가는

새의 노래 소리
숲 속에서의 잠깐 멈춤은 너무나 평화롭다.

길을 걷다가 횡단보도를
건너기 위해 잠깐 멈춰서면
지나가는 버스와 사람들
신호등
신발의 움직임
차바퀴 소리
크락션 울리는 소리
사람들의 목소리
발자국 소리
바람 냄새
지나치는 선남선녀들의 향수냄새
매연 냄새
담배냄새
후끈한 공기냄새
꽃향기
빗물이 떨어져 올라오는 먼지 냄새

귓 볼에 스치는 바람
손끝을 어루만지고 가는 바람
온몸을 휘감고 가는 바람

따스한 햇살이 몸을 스치고 지나가는 그런 스침들…
지나가는 사람들의 스침들…

바라보고, 냄새 맡고, 스치면서 일어나는 생각들이
공중에 점점이 박혀서 흘러내린다.
때론 별처럼
때론 먼지처럼
때론 이야기가 되고
때론 기쁨이 되고 슬픔이 되어 흘러내린다.

이 모든 것들의 중심에는
이 순간이 존재하고 있다.
지금 이 순간만이 오로지 존재하고 있다.
삶은 이 순간에 있다.

한 사람의 삶은 순간의 총합이라는 말처럼,
순간순간 존재할 수 있으면 살아있는 것이다.
아름답고 유일한 순간

행복한 마음으로 충만해지기를 기원해 본다.

흔적 혹은 기억의 단편들

1.

흔적, 상처를 아물게 하는 힘의 그늘
지금 내리는 비는 어느 곳에 숨어 있던 먼지일까?
먼지들의 우주선일까?

— 일미진중함시방

2.

내 몸은 이미 많은 흔적으로 채워졌다 사라졌다.
이젠, 나라고 할 만한 흔적조차 사라지고 없다.
그러나 오랜 나의 습관은 그대로 남아,
나라고 착각하며 생을 이어간다.

3.

흔적은 바위에 이끼가 내려앉듯
오랜 세월 견뎌온 아름다운 꽃이다.
일상과 흔적
— 순간의 지나침은 많은 흔적을 남기고 지나간다.

4.

우리가 이루어가는 것들은 모두 흔적을 남긴다.

원하든 원하지 않든,

5.

끝없이 내리는 비는

누구의 가슴을 후비던 사연들인가?

눈물들인가?

6.

안식의 그물을 통과하지 못하고,

절름발이로 세상에 남겨져 흐르는 저 목발의 사연

7.

지울 수 없는 흔적은 없다.

그러나 억지로 지우고자 한다면 흔적에 덧칠한 흔적을 남길 것

이다.

흔적은 상처의 다른 이름이기 때문이다.

지속성

1.

집착하는 정도에 따라 지속성은 결정된다.

그러나 영원할 수는 없는 것이다.

함이 있고 없고를 떠날 때 지속성은 확보 되는 것이다.

2.

지속성을 유지하는 것은 아무것도 없다.

다만, 지속성이란 지속선상에 있을 때만

그 성질을 유지할 수 있는 것이다.

3.

영원한 것은 없다.

영원이라고 믿고 있는 믿음만이 영원할 뿐이다.

그렇다는 생각만이 영원할 뿐인 것이다.

4.

언젠가는 소멸해가야 할 삶인 것을,

왜 그리 집착하며 살려고 하는 것일까?

소멸의 두려움을 극복하기 위함일까?

소멸에 이르는 길은 영원히 오지 않을 거라는 착각 때문일까?
여하튼, 우린 깜빡거리는 촛불처럼
언젠가는 꺼질 것임을 인정하지 않고
두려움을 가불해 쓰는 것이다.

5.
스타카토, 스프링, 낙하하고 사라져 가는 모든 것들…
일정부분 형태를 달리하는 모습으로
지속성에 의문을 제기하기도 한다.
그러나 속성은 변하지 않는다.
모습이 달라지더라도 어떤 형태로든지,
어디에든지 스며들 것이다.

지나침

1.
극도의 긴장감
또록또록, 또르륵….
가을이 깊을수록 더욱 깊어지는 소리들
풀벌레 소리 떨어졌다가 엉켜 붙는다.

2.
뽕잎 아래 귀뚜라미
코스모스 잎에 매달린 가녀린 여치의 발을 통과하는 공중의 가
벼움처럼
걸림 없이 산다는 것은,
걸릴 것을 가지고 있지 않다는 말의 다름 아니다.
인생이라는 길섶에 서서 많은 지나침을 곡절 없이 지날 수 있어
야 자유롭게 살았다 하겠다.

3.
내가 키우던 미루나무는
스쳐가는 시간들을 자세히 기록하지 않는다.
다만 온몸으로 느낌을 간직하고 있을 뿐

슬픈 사연은 기록되지 않는다.
하지만 바람이 심하게 불면
알아볼 수가 있지
알아들을 수가 있지
수없이 흔들리는 수없이 희번덕거리는 배반의 곡절들
스쳐지나가고 지나오고,

우린 처음부터 기록의 수사를 만들지 않았다.

중심의 괴로움

1.

강 한가운데서 어디로 날아갈지 모르는 애매함
특히, 나아갈 때를 놓쳐버리는 막막함

2.

나무는 중심을 잡기 위해 흔들려야만 한다.
흔들린다고 주위의 나무들이 참견하거나 방해하지는 않는다.
다만, 같이 흔들리거나 흔들리는 모습을 바라볼 뿐이다.

3.

소리의 이동은 파장과 파장의 사이를 뚫고 간다.
파이프처럼 지속적이고 단단하게 흘러 가다가 엿가락처럼 뚝
끊기기도 한다.
더이상 버티지 못한 중심의 권력, 권한, 권위
늘 배반당하던 아버지의 위치

4.

가만 가만 나를 잡아 매어둘 수 있는 오랏줄과 철창이 있을까?
한 10년 동안 꼼짝 없이 갇혀

진공 상태의 미이라가 될 수는 없을까?

5.

견우와 직녀가 서로 만나던
오작교는 없어져야 할 괴로움의 중심이다.

6.

나를 지탱하는 것은 무엇일까?
이 낯설음의 실체는 무엇일까?
모래벌판에 홀로 서 있는 이 허무맹랑한 느낌은?

일곱 시 18분을 속삭이다

약간 흐린 것인가?
굳이 바깥을 확인하지 않는다.

1. 구름을 걷다
생의 환한 길목에 서서
구름을 걷는 것을 상상하는 것은 즐거운 일이다.
아이의 웃음소리, 밝음, 천진함을 찾는 방법은 자연을 유심히
관찰하는 것.
자연과 하나가 되는 것.
끊임없이 찾아내어 몸으로 체득하는 것.

2. 단호함
단호함을 나에게 적용해야 하리.
모든 경계를 단호하게
저 하늘의 구름과, 공간의 공기층과
땅이 이루고 있는 질서에 순응하면서,
자연스럽게 흘러가면, 나의 에고는 사라질 것이다.
나에게 주문해야 할 것
생각이 사라질 때까지 모든 경계에서 벗어날 때까지

나를 잊을 때까지 혹독해야 하리,
끊임없이 주시해야 하리

3. 소리
소리는 마음이 놓이는 방향대로 울리게 마련이다.
우울할 때 멀어지는 기차소리와 기분이 좋을 때의 기차 소리가
다르게 느껴지듯이
슬플 때와 기쁠 때의 새소리가 울림이 다른 것처럼

4. 마음속을 걷다
누구나 자기의 마음속을 걸을 수밖에 없다.
어떤 기분으로 어떤 마음가짐으로 걷는가가 중요하다.
텅 빈 마음으로, 고요한 마음으로 걸어야 하리.

시작

1.

시작은 늘 가슴 설렌다.

설렘이 없다면 무슨 일이든지 시작하려 하지 않는다.

그리하여 나는 늘 시작을 준비한다.

같은 내용과 목표를 가지고 출발한다는 것은 설레임이 없다.

늘 새로운 시작이거나

새로운 마음을 유지하는 것이 중요하다.

2.

각오한 시작과,

평범한 시작의 차이는 목표에 도달하느냐

그렇지 않는가의 문제가 아니라,

일이 진행되어 가는 과정이 즐거운가?

그렇지 않은가의 차이이다.

3.

나는 늘 꿈꾼다. 시작의 설레임을

그 설레임을 안고 끝까지 달릴 수 있도록

시작하는 마음으로 살아가야겠다.

어차피 순간순간의 시간들이 인생을 엮어 나가는 것이다.

4.

창밖의 구름을 바라본다.

구름이 흘러온 길을 되짚어 본다.

언젠가 내가 마신 물일 수도 있고 떠나보낸 강물의 추억이거나

누군가의 아픈 가슴을 쓸어내리던 눈물인지도 모르는 일이다.

5.

저 구름의 끝은 어디일까?

곰곰이 생각하다가 발톱을 깎고, 손톱을 깎고,

손톱을 깎고, 발톱을 깎는 순서를 군이 생각해 보는 아침

6.

시작과 끝의 마음가짐이 같을 때, 우린 그것을 성공이라 일컫

는다.

그러나 그 목적물이 동일할 수는 없으므로,

시작과 끝은 늘 아쉬움과 열패감을 불러일으킨다.

그러니 가난한 시작과 무심한 끝을 생각해 보자.

소리

1.
소리를 잘 들으려면 시끄러운 소리에 익숙해야 하리
세상이 뱉아 내던 소음을 잘 견뎌야 하리

2.
소리에도 뼈가 있어 된 소리 맞으면
정신이 번쩍 들기도 하지.
소리에는 잘 침묵하라는 메시지가 있지
침묵은 소리의 아버지라는 뼈가 섞인 말하나 있지
우리가 소리를 들을 수 있는 것은
소리와 소리 중간의 비어있는 공기층이 있기 때문이지
시의 행간처럼…

3.
나는 지금껏 무슨 소리를 들었을까?
소리를 내었을까? 곰곰이 생각해보는 지금
멀리서 들려오는 낯선 기적소리

4.
소리는 나아갈 방향을 제대로 잡지 않으면
파괴자의 본성을 드러낸다.
소리를 잘 다루어야 하는 이유가 그기에 있다.

5.
잘 침묵하는 자,
아름다운 소리를 저장한 자
의도적이고 익숙한 소리는
그렇게 감동을 주지 못한다.
우리가 미처 인식하지 못한 내면의 울림
파장, 맥놀이에 의해 활발한 정신활동을 일으킨다.

눈을 감으면 들리는가?
눈을 감으면 보이는가?
내가 걸어가는 길이 보이는가?
내가 걷고 있는 소리가 들리는가?
지금 딛고 내는 발자국 소리는 나의 노래를 두드리는 소리인가?

숲의 고요를 기다리는 바람같이
숲의 고요를 깨우는 물소리 같이
— 그런 사랑

비켜 감

1.

늘 자유를 갈구하지만 갈구하는 마음만 남아 부동의 자세를 취하고 있는,

결국 만나지 못하고 고민에 빠져있는 바람과 비의 관계

2.

누군가에 의해 삶이 도난당하고 있다는 느낌.

수많은 믿음과 희망이 강물 위로 흘러가는 것을

다만 지켜본다.

3.

유일한 슬픔이 가슴을 저며 올 때에도 조금만 비켜서서 바라보면,

슬픔이 자신의 주변을 서성거리다가 이별의 손을 하늘 손을 흔들어 줄 것이다.

4.

기록하지 않은 삶이 기록한 삶보다 많듯이,

이루고자 했던 삶들이 이룬 삶보다 많은 것은 당연하다.

5.

우리는 얼마나 많이 등짐을 지고 나서야 후회하지 않을 것인가?

얼마나 잘못된 인식들이 스쳐 지나갔을까?

얼마나 많은 오류들로 나의 시간들을 채웠을까?

얼마나 많은 오류의 바다에 빠져 허우적거린 것일까?

지금까지 나라고 알고 믿고 살아온 나는 누구인가?

본성

누구인지 모르는 삶이 지나가고 있다.
죽을 때까지 결코 찾을 수 없을 것 같은
시간들이 주위를 맴돌고 있다.

나는 누구인가?
나를 버리면 찾을 수 있을까?
존재하기 전부터 존재한 것은 무엇이었을까?
나에게로 오기 전 무엇으로 존재하던 것일까?
바람이었을까?
아니면 구름이었을까?
먼지였을까? 이슬이었을까?
돌, 새, 풀, 짐승이었을까?
지금쯤 나와 놀던 새들은
어디에 깃을 내려 쉬고 있을까?
어디로 떠나려고 곤한 눈을 내리감고 있을까?

새벽별을 보려 한다

근원을 알 수 없는 슬픔을 이슬에 내려놓고
새벽이 오기 전에 별로 뜨게 하겠다.
시린 눈을 부비면 명징하게 다가서는
새벽별의 반짝임으로 빛나게 하겠다.
지금 이 순간에도 앞산 소나무들은
서로의 살결을 부비며 별빛을 모으고 있을 것이다.

지금 이 순간에도 어느 먼 별에서는
존재의 아픔을 치유하기 위해
스스로를 밝게 비추고 있을 것이다.
굳이 이름을 부여하지 않아도
깨어남을 인식할 수 있다면
먼 별에 놓인 길 위에 서 있을 수 있겠다.

고단한 인생의 여행길에 만난 수많은 만남들이
이제는 뭇별로 떠서 은빛 가루로 흩어져 내리기를
무명의 곳으로 나를 찾아가는 길 위에서
자꾸만 사람들의 눈망울이 떠오르면
오랜 그대여!

별빛이 떨어져 내리는 이슬 위에 그 아픔을 내려놓기를

길 위에 뒹굴던 돌멩이를 호주머니에 넣고
별빛을 걷어차며 적막의 길을 걷는 그대여
곧 밝아올 오늘을 기대하시라
오로지, 나로서만 존재할 것
풀벌레의 아픈 귀를 생각할 것

꿈

어차피 삶은 한바탕 꿈이 아니겠는가?

우린 진실을 알고 싶은 것이 아니라
내가 꿈꾸던 것을 믿고 싶은 것이다.
진실이 아니라도 믿고 싶은 것을 믿을 것이다.

꿈은 곧 집착이다.
내가 꿈꾸던 것은
모두가 집착의 다른 이름이다.
인생이란 그럴듯한 포장지로 포장을 한 것에 지나지 않을지도
모른다.

아! 삶은 한바탕 꿈이구나.
생은 너무나 선명하고
너무나 생생하여 꿈으로 아는 날이 올 수 있을까?

관계에 대하여

가지와 춤을 추는 저 나뭇잎의 믿음을 보아라.

잔가지에 무수히 붙어 있는 잎들
벼랑에서 흔들려도 두려워하지 않고
흔들리며 춤을 추는 모습은 아름답다.

매달려 살아가야만 하는 삶
사회생활하면서 만나는 사람들
직장동료, 가족, 친구들…
그들과 아무 거리낌 없이
흔들리며 춤출 수 있을 것인가?

더위를 느끼는 피부
피부의 기억력은 얼마나 될까?
아픈 기억은 왜 그리 오래도록 지워지지 않을까?

강렬하고 아픈 기억이 세포 속에 파고들어가서
불치병 환자의 병원균처럼 결코 치유될 수 없는
사금파리의 기억처럼 박혀 있기 때문이다.

우리는 서로라고도 하고
너와 나라고도 하고,
가까울수록 둘이 아니라 하나에 가까워 간다.
관계의 거리에 가끔씩 착각을 하기도 한다.

서로를 인식하는 거리에서 바라보면,
관계의 접근성은 불리할 것

눈꺼풀의 무게가 나의 피로를 대신할 때,
당신은 누구십니까?
질문을 받은 것처럼 답답한 시간들이 지나간다.

고요와 채움에 대하여

1.

우리가 고요해져야 할 이유를 소음이 말하고 있다.

우리가 비어 있어야 할 이유를 가득 차 있는 것들이 이야기하고 있다.

세상의 소음을 다 견디고 난 뒤 서서히 차오르는 느낌!

2.

빈 들판의 충만함,

햇살을 가득 안고 공기 속으로 사라져가는

가을 오후

하루살이의 몸짓.

3.

톡톡 터지는 열매들,

연신 쏘아대는 햇살 사이로

선을 긋듯 지나가는 바람 한줄기의 끝

4.

시끌 시끌,

먹이를 먼저 먹기 위해 주둥이를 들이밀고
눈알을 굴리는 돈사의 소란스러움
그 장면을 그윽하게 바라보는
양돈 주인의 눈빛

5.
바위
이끼 옷을 입기 위해 기다려온
견딤의 세월

6.
꾸욱 꾹 울어대는 뻐꾸기 소리
시간차를 두고 고개길을 넘어오는 숨찬 그리움 소리

7.
고요함과 시끄러움은 늘
공존하거나
찰나의 순간을 비켜 같은 선상에 있는 것

8.
채우려면 비워야 하리.
사실 꽉 차있는 것 같은 물체도
현미경으로 들여다보면 비어 있다는 사실을 알게 된다.

바람이나 물은 비어있는 곳으로 흘러든다.
마음이 비어 다른 사람에게 온전히 흘러들어갈 때.
밀려드는 충만함

채우려면 비어있어야 하리

12월의 휴일

06:00
휴일의 새벽길을 걸어가면
마음이 착해진다.
마음이 부드러워진다.

17:00
해 떨어져가는 오후 호수공원에
하나둘씩 사람들이 모여든다.

마스크를 깊게 쓰고 눈만 내놓고 가는 사람
아이를 감싸 안고 가는 어머니
느릿느릿 할아버지의 솜바지
침묵만이 바람의 위치를 감지한다.

얼음은 호수 건너편의 안부를 물으려고 손을 뻗는다.
날 선 바람이었다가 서로의 마음을 묶어두기로 했나 보다

미끄러지듯 햇살은 얼음 위를 스친다.
삶이란 그저 살며시 손을 내밀어 보는 것

호수는 말없이 몸으로 보여주고 있다.

22:00
고요하게 돌아앉은 밤
누대를 거쳐 살아온 나의 몸과 마음은
생겨나고 사라짐의 연속이었을 뿐이다.

23:00
이제, 나는 없다
오랜 나의 흔적만 남아서 한 생을 이어간다.

4부

지나간 것의 환상에 사로잡혀 아쉬워하지 말며
새로운 것에 만족하여 안주하지 말며
사라져가는 것들을 슬퍼하지 말며
욕망이 이끄는 대로 끌려 다니지 말라

과거를 불살라버리고
미래도 한쪽 옆으로 치워놓고
현재에도 집착으로 움켜쥐지 않으면
평화로운 평온한 길을 유행하리라
— 숫타니파타

느낌은 괴로움이다

아침에 일어나 잠자리에 들 때까지
주변을 서성이는 느낌은 결코 우리를 만족시켜주지 못한다.

좋은 느낌이 일어난다 해도 일시적으로 일어났다 사라져 버
린다.
지속하지 않기 때문에 괴롭다.
나쁜 느낌이 올라오면 그 자체로 괴롭다.
좋은 느낌은 더 좋은 느낌을 원한다.
더 좋은 느낌을 얻기 위해 집착한다.
하지만 탐욕으로 탐욕의 불을 끌 수는 없는 것이다.
마셔도 마셔도 채워지지 않는 갈증만이 더할 뿐이다.
그래서 괴로운 것이다.

나쁜 느낌은 물리쳐보려 하지만 쉽게 괴로움에서 벗어나기가 힘
들다.
느낌은 다만 조건에 의해서 일어났다 사라지는
한 순간의 정신적 현상이라고만 알면 된다.

느낌이 일어나고 사라지는 것과 느낌의 변화를 주시해야 한다.

느낌에 집착하거나 추구하지 말아야 한다.

알아차리기만 하고 그것을 놓아주어야 한다.

그렇지 않으면 새로운 괴로움을 만드는 것이다.

알아차리기만 하면 그 느낌은 사라진다. 괴로움을 만들지 않는다.

물방울이 터져 공중에 사라지면 텅 빈 상태가 되는 것처럼 아무것도 남지 않는 것이다.

흔적 없이 스쳐 지나가는 삶

모든 것들이 내 존재 속으로 흘러 들어와서 흘러가도록
그저 바라보기만 하자.
순간순간 일어나는 생각들을 가만히 들여다보자.
주변의 모든 사람들과 사물들에 개입하지도, 집착하지도 않고,
휘둘리지 않으며 영화나 연극을 보는 관객처럼 그렇게 지켜보기
만 하자.
생각에 함몰되고, 사람과 사건들에 개입되기 시작하면
이미 잘못된 길을 가고 있는 것이다.

내 기준대로 재단하고 판단하지 말자.
나의 기준이 옳을 확률은 거의 없기 때문이다.
자신이 개입되면 모든 것이 부자연스럽다.

집착하고, 욕망하는 삶을 살다 보면 괴로움이 생겨난다.
내 것에 집착하다 보면 마음대로 되지 않는 것에 화를 내고,
좋은 것에 욕망하게 되는 것이다.
욕망의 늪에 빠지면 헤어나기 힘들고 결국, 자신을 죽이는 꼴이
되고 만다.
대상에 집착하게 되면 그 사이에 공기가 흐를 수 있는 공간이

사라지게 된다.

　대상에서 떨어져서 지켜볼 때만이 비로소 아름다움을 느낄 수 있게 된다.

　흔적을 내지 않고 흐르는 강물처럼 그렇게 살아가자.
　한 그루의 나무처럼,
　떠가는 구름처럼,
　하늘과 바람이 되어…

　함께 있되 거리를 두라.
　그래서 하늘 바람이 너희 사이에서 춤추게 하라.

　서로 사랑하라.
　그러나 사랑으로 구속하지는 말라.
　그보다 너희 혼과 혼의 두 언덕 사이에 출렁이는 바다를 놓아두라.

　서로의 잔을 채워 주되 한쪽의 잔만을 마시지 말라.
　서로의 빵을 주되 한쪽의 빵만을 먹지 말라.

　함께 노래하고 춤추며 즐거워하되 서로는 혼자 있게 하라.
　마치 현악기의 줄들이 하나의 음악을 울릴지라도 줄은 서로 혼자이듯이.

서로 가슴을 주라.

그러나 서로의 가슴속에 묶어 두지는 말라.

오직 큰 생명의 손길만이 너희의 가슴을 간직할 수 있다.

함께 서 있으라.

그러나 너무 가까이 서 있지는 말라.

사원의 기둥들도 서로 떨어져 있고

참나무와 삼나무는 서로의 그늘 속에선 자랄 수 없다.

― 칼릴지브란의 예언자 중에서

소중한 시간을 낡은 생각으로 채우지 마라

생각 없이 살아간다는 것은 불가능하지만
생각으로 인해 두려워하거나 불안해하거나,
알 수 없는 공포감에 사로잡히기도 한다.
과거는 이미 지나가고 없는 낡은 기억이다.
하지만 우리는 과거에 사로잡혀 살아가기도 한다.
지금 이 순간의 평화, 이 순간의 고요함을 유지하려면
과거를 다만 과거이게 하는 지혜를 계발해야 한다.
일어나는 생각을 지켜보기만 할 뿐 관여하지 말아야 한다.
"같은 강물에 두 번 손을 담글 수 없다"는 말처럼
한번 흘러가버린 강물은 이미 같은 강물이 아니다.
시간은 강물처럼 흘러간다.
그 시간 속을 우리는 걸어간다.
생각 또한 강물처럼 흘러갈 뿐이다.
지나간 것에 대한 공포, 두려움, 불안을 뭉뚱그려 화라고 부른다.
어떤 사물이나 대상으로 인해 화가 일어난다면
그것은 지속적이지 않다는 것을 알 수 있다.
처음 대상을 마주했을 때와 시간이 지나가면서 느끼는
우리 몸의 반응은 다른 것이다.

지금 이 순간의 시간들은 너무나 소중하다.

한번 지나가버리면 다시는 돌이킬 수 없기 때문이다.

시간은 순간에 있다.

하지만 늘 있어왔던 것으로 착각을 한다.

과거의 경험과 생각으로 지금의 시간을 재단하기 때문이다.

그렇게 살아간다면 새로운 날을 한 번도 경험하지 못하고

낡은 날들로 삶을 채워가게 될 것이다.

보라!

아침에 떠오르는 태양은 어제의 태양인가?

주변 환경 또한 어제 그대로인가?

잘 살펴보면 변한다는 것을 알 수 있을 것이다.

어머니의 태에서부터 지금까지의 시간들을 되짚어 보라.

어린 시절의 앨범에서 지금의 내 모습을 찾아낼 수 있는가?

아마 어려울 것이다.

피부는 주름졌으며, 머리카락은 하얗게 세었고

지금과 동일한 것은 하나도 없음을 알 것이다.

어린 시절을 나라고 나의 것이라고 할 만한 것이 없는 것이다.

생각 또한 시간의 흐름 속에 또 다른 경험과 여건으로 인해 재구성 되면서 바뀌어가게 된다.

쏜살같은 시간의 흐름 속에 자신의 삶을 허비하지 말고 다만 그 흐름을 지켜보면 된다.

그러면 늘 새로운 강물을 볼 수 있는 것이다.

지금 이 순간의 것들이 전부인 것이다.

지금 이 순간만이 유일하게 존재하는 것이다.

미래 또한 아직 도착하지 않았고, 과거는 이미 흘러가버렸다.

무엇을 애착할 게 있단 말인가?

지금 이 순간도 눈을 깜빡이면 이미 과거가 되어버리는데

나라는 것이 있긴 한 것일까?

내 것이라고 고집할 것이 있는 것인가?

나를 버릴 때 비로소 평화가 찾아올 것이다.

고요 속으로 잦아들 것이다.

깨어 있으려면

대상을 안으로 들여서 지켜보아야 한다.

대상에 끌려가지 말고

십이연기(十二緣起)의 원리를 철저히 깨달아야 한다.

무명(無明)을 원인으로 하여 행(行)이 일어나고,

행을 원인으로 하여 식(識)이 일어나고,

식을 원인으로 하여 명색(名色)이 일어난다.

오온(五蘊)이 있기 때문에 촉(觸)이 일어나고,

촉을 원인으로 하여 느낌(受)이 일어나고,

느낌으로 갈애(渴愛)가 일어나고,

갈애로 집착(執着)이 일어나고,

집착으로 업(業)이 발생하여 생(生)이 일어난다.

태어남은 고통이고 끝없는 연(緣起)기의 회전 속으로 들어가게 된다.

수행자는 어떤 일에 대해서도 깨어 있어야 한다.

일어남과 사라짐을 놓치지 말아야 한다. 알아차림을 놓칠 경우 무명에서 부터 그 회전과정이 시작된다.

깨어 있지 않으면 탐, 진, 치 삼독으로부터 헤어나지 못한다.

싫어하는 사람에 대해서는 화가 일어나고,

좋아하는 것으로부터 탐심이 일어난다.

깨어 있지 않은 삶은 어리석어서 또 다른 화냄과 탐심으로 살아간다.

수행하지 않는 삶은 무방비 상태이다.

끝없이 올라오는 생각과 느낌들은 지켜보지 않으면 어느새
그 생각과 느낌의 노예가 되고 만다.

다람쥐 쳇바퀴 속으로 끝없이 회전하는 삶을 살게 된다.

내 전 생애가

오늘 아침은

저 나팔꽃 같구나

— 모리다케

뫼비우스의 띠를 탈출하자

끝없이 새 길을 걷는 듯이 보여도
다시 제자리로 돌아오곤 한다.
연기의 회전을 숙고하지 못한다면
되풀이되는 윤회의 고통 속에 헤매게 될 것이다.

한 개인의 삶의 구조를 뫼비우스의 띠라고 생각하면
수많은 뫼비우스의 띠들이 공중에 매달려서
다생으로 거듭되는 윤회의 삶을 사는 것이다.

그 길을 벗어나기만 하면
자유롭게 우주를 유영할텐데…
윤회의 과정에서는 불만족과 괴로움의 더미가 쌓일 뿐이다.

무명을 원인으로 하여 행이 일어난다.
행은 업의 형성이다.

행을 원인으로 하여 명색이 일어난다.
명색은 정신과 물질이다.
명색을 원인으로 하여 육입이 일어난다.

육입은 안·이·비·설·신·의에 의하고
육입을 원인으로 하여 촉이 일어난다.

수는 감각을 말한다.
수를 원인으로 하여 집착이 일어난다.

집착을 원인으로 하여 업의 생성이 일어난다.
업의 생성을 원인으로 생이 일어난다.

생을 원인으로 노사가 일어난다.
이로 인하여 슬픔, 비탄, 육체적 정신적 괴로움이 일어난다.
뫼비우스의 띠를 탈출하려면 12연기를 잘 익혀야 한다.

삶은 유한합니다

이 몸과 마음이 유지되는 삶은 길어야 100년입니다.
교통사고, 질병 등으로 살 수 있는 평균수명을 추정해 보면 이
보다 더 길지는 않을 것입니다.
앞으로 얼마나 살 수 있을지 알 수 없지만
한 번쯤 지나온 길 되짚어보고 다가올 시간들을 바라보아야 합
니다.

되돌아온 시간을 짚어보면 찰나처럼 느껴지지 않습니까?
한편의 짧은 다큐 영화 같지 않습니까?
지나간 것은 시간의 개념으로 환산이 되지 않습니다.
다가올 미래 또한 그렇겠지요.
세상을 살아나가는 인식을 위한 시간은 단지 개념일 뿐입니다.
순간의 삶만 인식할 수 있습니다.
과거나 미래는 생각으로만 존재하지요.
순간의 인식마저 인식하는 순간 과거가 되어버리니
참으로 무상할 따름입니다.

이렇게 찰나 생 찰나 멸하는
삶의 길 위에서 우리는 어떻게 살아야 할까요?

이 몸과 마음으로 경험했던 생각을 믿고 살아가야 할까요?

내 기준대로 아주 좁은 범위의 기준을 삼아서

다른 사람들을 판단하고 재단하면서

내 생각에 못 미치는 것들을 배척하고,

내가 좋아하는 것만 추구하며 살아야 할까요?

그것은 하찮은 삶입니다.

아주 좁은 곳에서 겨우 살아가는 삶입니다.

세상은 넓고, 생명들은 무수한 에너지를 머금고 빛나고 있습니다.

그들과 함께 춤출 수 있는 파장의 에너지를 가질 수 있어야 합니다.

빛나는 춤사위를 생의 한마당에서 추어야 합니다.

너와 내가 둘이 아니고, 하나로서 그렇게 빛나는 불꽃이 되어야겠습니다.

빛나는 삶을 살아야겠습니다.

그림자는 빛을 만든다

세상 모든 것들은 동전의 양면처럼 붙어 있다.
대상이 없으면 나 또한 없는 것
어둠이 없으면 빛이 없는 것,
빛만 있으면 물체를 구분할 수 없을 것이다.
괴로움이 있어서 즐거움을 느낄 수가 있고,
슬픔이 있어서 기쁨 또한 있는 것이다.
고통 속에서 환희가 일어나고,
진흙 속에서 연꽃이 피어나듯이
비 온 뒤, 땅이 굳어 딛고 일어설 수 있음이니.
동전의 한 면만 있다고 고집하며 살지 않아야 한다.
늘 기쁨과 즐거움을 추구할 수는 없는 것이다.
그것은 늘 따라다니는 같은 뿌리임을 알아야 한다.
고통을 알아야 고통을 소멸하는 지혜가 발생하여
열반을 이룰 수 있다는 부처님의 가르침처럼
힘들고, 견딜 수 없을 것 같은 괴로움이 찾아와도
회피하거나 절망하지 않아야 한다.
어둠이 깊을수록 사물이 더욱 환해지듯이,
어둠의 뿌리로 인해 밝음이 있듯이
괴로움을 수용한다면 환한 빛이

우리의 삶을 비춰줄 것이기 때문이다.

그림자는 빛을 만드는 배경이다.

세상의 어두운 곳, 낮은 곳에 있는 사람들에게

우리는 빛이 되어야 한다.

우리가 빛이 될 수 있는 것은 그곳에 사는 사람들이

우리의 한 뿌리이기 때문이다.

그들과 별개의 곳에 존재하는 것이 아니라.

같은 곳, 같은 몸으로 존재하는 것이기 때문임을 알아야 한다.

둘이 아님을 분명히 알아서

어둠을 껴안는 환한 빛으로 존재해야 한다.

눈으로 남의 허물을 보지 말고
입으로 남의 실수를 말하지 말자

사람들은 자신의 허물은 감추고
남의 허물은 들춰내기를 좋아합니다.
남의 눈에 티는 보면서 자신 눈의 들보는 보지 못합니다.
이는 늘 시선을 외부로 향하고,
나를 중심으로 세상을 살기 때문입니다.

내 것 내 사람 내 아들 내 마을 내 나라,
이 모든 것이 나의 위주로 돌아가고 있습니다.
그것은 내가 있다는 생각 때문입니다.
나를 버리고 나를 비우면 우주는 온전히 하나가 됩니다.
내가 우주 속에 녹아들어서 하나가 되기 때문입니다.

용광로 속에 들어가기 전에는 하나의 쇳덩이에 불과하지만
용광로 속에 녹아들면 하나의 쇳물이 되는 것 같이,
시냇물이 강으로 흘러들어 끝내는 큰 바다가 되듯이
그렇게 하나가 된다면 나와 남의 구분이 사라집니다.

나와 남의 구별이 없는데 남의 허물을 보는 것이 무슨 의미입
니까?

남의 실수를 들춰내는 것이 무슨 소용 있겠습니까?

부처님 말씀처럼 "만유 하심자는 지복이 자귀의라" 하셨습니다.

무릇 항상 마음을 낮추는 자는

거룩하고 장엄한 복이 스스로에게 돌아온다는 말씀입니다.

마음을 낮춘다는 것은 남을 인정한다는 것입니다.

남의 말에 귀 기울이고 남의 입장을 충분히 이해한다는 것입니다.

남의 허물을 보는 것 남의 실수를 말하는 것이

더이상 무의미한 일입니다.

내 마음을 바라봅니다

아침 출근길이었습니다.
3개 차선에서 1개 차선으로 합해지는 곳이 있는데
좌우를 살피며 순간적으로 다른 차와 경쟁을 하며 앞서기를 했습니다.
순간의 마음을 바라보지 못하였습니다.
하지만 곧 후회하는 마음을 바라보았습니다.

모든 현상을 대상으로 바라보리라 다짐해 봅니다.
비교 분석하지 않고 내 기준으로 재단하지 않고
다만 올라오는 생각들을 그대로 바라보아야 합니다.

나의 기억과 경험으로 말하고 판단하는 것은 오류일 수밖에 없습니다.
세상에는 수많은 경우의 수가 존재하기 때문입니다.
올라오는 생각을 한 번도 놓치지 않고 받아 적어서
그 글들을 끝까지 읽어낼 수 있을까요?
아마 너무 혐오스러워서 끝까지 읽어낼 수가 없을 것입니다.

때론 나만 옳다는 아만심이 올라올 수도 있습니다.

그런 이유로 생겨나는 상대방에 대한 비난과 불평, 화도 올라올 것입니다.

내 기준대로 되지 않으면 남을 미워하고 질투하고 시기하면서 상대방을 원망의 시선으로 바라보는 자신의 모습을 보게 될지도 모릅니다.

이런 모든 것들은 나의 것을 고집하고 나의 것을 애착함으로써 생기는 마음입니다.

이런 마음 뒤에는 늘 고통이 뒤따른다고 부처님께서 말씀하셨습니다.

나를 놓아버렸을 때 우리는 상대방에게 따스한 미소와 부드러운 말씨로 상대방을 대할 수 있으리라 생각됩니다.

지긋이 웃음지어 보이는 것

따스한 마음을 간직하는 것

남을 이해하는 것

무엇이든 받아들이는 것이 보시하는 길이라고 어느 법사님께서 말씀하셨습니다.

그렇게 하려면 내 마음을 또렷이 바라보아야 합니다.

무상한 시간이 흘러갑니다.

우리에 허락된 시간이 얼마인지 모르지만 분명히 알고가야 합니다.

한 세상을 살면서 헛것만 보고 가지는 말아야겠습니다.

"나는 살아서 헛것이었다"는 어느 시인의 자조적인 말을 상기해

보면서 후회하지 않는 삶을 살아야겠다 다짐해 봅니다.

밤은 길고

나는 누워서

천년 후를 생각하네

— 시키

가장 낮은 곳에서

무상한 시간의 흐름 속에 어디까지 흘러야 고단한 이 길이 끝 날 것인가?

낮은 자세로 수용하는 삶을 살아가야 하는데
자꾸만 기어 올라가려 합니다.
추락을 예감하면서도 기어코 올라가려 하는 사람들…

우리가 행복이라고 생각하는 욕망의 성취는 소금물과도 같은 것이라서 아무리 마셔도 갈증은 해소되지 않습니다.
좀 더 많이 가지고, 좋은 것을 먹고, 입고,
좋은 집에 살고, 좋은 차를 타고 다니고,
좋은 직장에서 높은 자리를 갈망하며 살아가는 사람들…

얼굴이 예뻐지려고 몸에 칼을 대거나 피부에 영양을 듬뿍 주거나, 짙은 화장으로 얼굴을 치장하기도 하고, 값비싼 옷과 명품가방을 들고 자신의 존재감을 한껏 뽐내는 사람들
일시적인 만족감은 줄지 모르나 얼마 지나지 않아서 만족감은 사라지고 맙니다.

얼마 전 서울의 한 고급 아파트를 소유한 가장이 일부 진 빚 때문에 아내와 자식을 죽이고 자신도 자살을 시도한 사건이 있었는데, 참으로 안타까운 일이 아닐 수 없습니다.

직장을 잃고, 가장으로서의 무거운 책임감이 작용했을 수도 있었으리라 생각하지만 극단적인 선택을 한 것은 쉽게 이해가 되지 않는 부분입니다.

고급 아파트를 팔아서 빚을 갚고 다시 시작한다면 충분히 살아갈 이유가 생겨날 수도 있었을 텐데, 결국 잘못된 선택을 한 이유는 욕망의 끈을 놓지 못했던 것이 아닌가 싶습니다.

더이상 내려가는 삶은 상상조차 하지 않았을 것입니다.

놓지 못하는 삶은 상처를 회복하지 못합니다.

주어진 삶에 만족하지 못하고, 높은 욕망의 끝을 주시하며 살아야 하는 마음으로는 회복탄력성이 떨어질 수밖에 없습니다.

우리의 삶이 가져다주는 수많은 사건들은 다만
일어나고 사라지는 현상에 불과한 것인데,
조건이 있어 발생하는 인연이라고 생각하면서
낮은 곳에 있든지 높은 곳에 있든지 다만 그러한 것임을 알고 다만, 흘러가는 강물을 바라보듯이 그렇게 살아갔으면 좋겠습니다.

늘 변하는 현상들에 이리저리 끌려 다니는 것이
얼마나 위태로운 삶인지 우린 철저히 깨달아야 합니다.

지금 이 순간 행복하지 못하면 영원히 행복하지 못할 것입니다.

삶은 순간의 총합이라 하지 않았던가요?

순간순간 살아서 행복을 엮어 나간다면 일생을 잘 살았다 하지 않겠습니까?

때론 고통스럽기도 한순간들도 올 수 있습니다.

고통의 삶 또한 우리가 살아내야 하는 소중한 순간들입니다.

어쩌면 고통 속에서 삶이 더욱 소중하게 느껴질 때가 있습니다.

고통이 없으면 자신의 삶을 돌아보지 못합니다.

겨울 추위 속에 핀 매화의 꽃향기가 더욱 짙은 이유입니다.

봄의 새싹들처럼 처절한 계절을 보내고 난 뒤의 탄력성을 발휘하시기를 기원해 봅니다.

우리에게 주어진 시간이 그리 많지 않습니다.

눈 깜짝할 사이에 죽음은 벼랑 끝에서 우리를 노려볼지 모르는 일입니다.

매일의 삶을 소중하게 살아서 죽음의 순간에 고통과 두려움을 떨치고 평화롭게 맞이할 수 있도록 합시다.

낮고, 힘들고 하찮게 여기는 모든 것들을 수용할 때 삶은 빛날 것입니다.

지금 여기 이 순간 빛나는 삶을 사시기 바랍니다.

모든 것은 호흡에 있습니다

들숨과 날숨 사이에 삶과 죽음이 있습니다.

숨을 한번 내쉬었다 들이마시지 못하면 몸이 굳어져 죽어버립니다.

그래서 매 순간 호흡을 할 수 있다는 것이 매우 중요합니다.

들숨과 날숨 사이를 가만히 지켜보고 있으면 거기에는 삶과 죽음이 존재하고 있습니다.

"꽃이 피고 지는 그 사이를 한 호흡이라 부르자"라고 어느 시인이 노래했던 것처럼 우리의 일생도 꽃이 피고 지는 것과 같이 한 호흡에 있겠지요.

모든 것은 호흡에 있습니다.

이리저리 갈피를 잡지 못하고 방황하는 마음속에 있지 않습니다.

늘 바깥으로 향하는 많은 생각들에 의해 우리는 중심을 잃고 비틀거립니다.

이리저리 끌고 다니는 생각으로 인해 우리는 온전하지 못합니다.

그래서 이 모든 걸 놓아버리고 호흡으로 돌아와야 합니다.

호흡으로 돌아와 중심 잡힌 삶을 살도록 노력해야 합니다.

긴장된 순간이 오면 긴 호흡으로 긴장을 완화시키고

마음이 고요해지면 가느다란 호흡까지도 바라보아야 합니다.

모든 생각이 끊어진 그곳에는 미세한 호흡만 남아 있습니다.
호흡마저도 끊어진 자리, 내가 사라진 자리

모든 것은 호흡에 있습니다.

지금까지 자신을 괴롭히면서 달려온 대가가 기껏해야 탐욕으로
가득한 마음뿐이었습니다.
탐욕으로 인해 괴로움이 생겨나는 줄도 모르고 줄기차게 원하
면서 살아왔습니다.
줄기차게 내 마음대로 되기를 기도하며 바래보지만 그렇게 될
수는 없습니다.
허겁지겁 뛰어다니는 마음을 바라보니 거기에 나는 없습니다.

내가 바라는 대로 되지 않으면 화를 냅니다.
그래서 쌓아온 화는 자신을 불태우는 불씨가 될 뿐입니다.
탐욕과 화에 대한 마음이 올라오면 그것을 알아차리고
즉시 호흡으로 돌아와야 합니다.
마음의 고향인 호흡으로 돌아와 쉬어야 합니다.

모든 것은 호흡에 있습니다.

나는 떠난다

태어나서부터 죽을 때까지
길의 시작점에서 발길이 끝나는 막다른 골목까지
한시도 멈춤 없이 걸어간다.
순간으로 존재하기를 거부한다.

사람들은 멈춘다는 것이 곧 죽음이라 생각한다.
그런 절박함으로 인해 한순간도 가만히 있지를 못하는 것이다.
하지만 지금 이 순간을 살지 않으면 존재한다는 말을 할 수가
없다.
어제의 나와 미래의 나는 그 어디에도 없다.

이미 떠나온 과거는 어디에도 찾을 길 없다.
지금 여기에서 지난날을 떠올릴 뿐 과거는 없는 것이다.
미래 또한 지금 여기서 앞날을 예측해보는 것일 뿐 없는 것이다.
그러므로 과거와 미래는 있지도 않은 환상에 불과한 것이다.

지금 이 순간마저도 인식하는 순간 이미 과거가 되어버리니 그
무엇을 실체라고 인정할 것인가?
일체의 모든 법은 꿈과 같고, 물거품 같고, 그림자 같고, 이슬과

같고, 번개 불 같은 것이라고 금강경에서 이야기했듯이…

모든 것은 순간으로 존재할 뿐이다.
우리는 현재의 삶을 지극히 살고 있다고 해도
지금 이 순간은 곧바로 과거의 유산이 되고 마는 것이다.
그러므로 나는 이미 떠나고 없다.
그러므로 나는 있다고 할 수도 없는 것이다.

없는 나를 붙잡고 애걸복걸하며 살 이유가 뭐가 있는가?
순간으로의 존재하는 느낌만 있을 뿐 나는 어디에도 없는 것
이다.
그러므로 나는 떠난다.
이미 떠나고 없는 것이다.

무아의 이익

내가 없고 너와 내가 둘이 아님을 안다면
세상은 아름다울 것입니다.

나의 생각을 비추어 보면
그 사람의 마음이 보일 것입니다.
거울에 비친 상대의 모습이 곧 나의 모습이기 때문입니다.

모든 것을 안으로만 움켜진다면
욕심으로 허물을 만들어 가기 때문에 삶이 괴롭고 힘듭니다.
무거운 짐을 내려놓아야 합니다.
나를 낮추고 비워서 내가 없는 때가 오면
마음은 한결 가벼워집니다.

내가 사라진 곳,
나라는 공간에 갇혀 살면
공간의 폭 만큼밖에 이해하지 못합니다.
확장된 시선으로 공간을 넓혀나간다면
모든 것이 분명해질 것입니다.
뻥뚫린 세상, 광활한 우주가 펼쳐질 것입니다.

그런 마음은 결국 나에게로 돌아오는 것입니다.

너와 내가 둘이 아님을 아는 지혜가 싹트기를 기원해 봅니다.

　우리 두 사람의 생애

　그 사이에

　벚꽃의 생애가 있다

　— 바쇼

단지 바라보기만 하라

생각 이전의 것을 찾기 위하여 다만 바라보아야 한다.
생각은 경험된 것의 일부일 뿐이다.
지금 여기에서 실제로 일어나고 있는 일들만이 사실이다.
생각은 지금 여기에 일어나지 않는 것들이다.
다만 일어났다는 그 자체만 일어난 것이다.
관찰자로서 일어나는 생각들, 하려고 하는 말의 의도, 행동하고
자 하는 모든 것들을 지켜보아야 한다.

있는 그대로를 알기 위해서는 끊임없이 관찰자가 되어서 지켜보
아야 한다.
생각은 빠르게 지나가서 그것은 마치 내가 한 것처럼 느낀다.
관찰하려 해도 쉽지 않다.
한순간 놓치게 되면 생각에 생각이 이어져서 그 생각에 매몰되
고 만다.
눈을 부릅뜨고 지켜보지 않으면 생각은 끊임없이 들락거린다는
사실을 모르고 놓치고 만다.
그러면 생각의 늪에 빠져 허우적거리고 있을 수밖에 없다.

생각은 내가 아니다.

녹음되고 녹화된 테이프처럼 기록된 것들이 조건에 의해 일어나는 것들이다.

그 생각을 나라고 확신하며 행동하고 비교하며 판단하고,

거기에 반응하여 기쁨과 슬픔과 행복감을 느낀다.

그것이 온전히 자신의 것이라고 생각하면서 온 에너지를 다해 자신의 일생을 살아간다.

대부분의 사람들은 생각으로 생각하며 살아간다.

생각의 웅덩이에 빠져 허우적거리지 않으려면 끊임없이 올라오는 생각들을 지켜보아야 한다.

지켜볼 수 있는 기술을 개발해야 한다.

우리는 그냥 강물의 물결에 휩쓸려 끊임없이 따라갈 뿐 강둑에 앉아 강물의 흐름을 바라보지 못한다.

강물은 강이 아니다.

파도가 바다가 아니듯이…

끊임없이 변하고, 변해서 흘러가는 것을 주체적으로 존재하지 못하는 것을 붙잡고 매달리고, 끄달리면서 살아간다.

쉬지 않고 갈구하고 욕망하는 삶들이 내 것이라 붙잡고 살아가는 사람들,

높고 위태롭게 빛나고 있는 탐, 진, 치의 등불들을 의지하고 살아가는 사람들의 행복이 찾아올 수 있는 것인가?

욕망이 가져다주는 행복감은 순간적이다.

꿀깍 삼키는 침과도 같은 것이다.
칼끝에 묻은 꿀과도 같은 것이다.

늘 지켜보아야 한다.
단지 흘러가는 것들을 놓치지 않고 바라볼 수 있도록 노력해야
한다.
순간순간의 생각들이 생각을 끄집고 가지 못하도록 해야 한다.
삶은 빠르게 흐른다.
어느덧 세월이 다해서 뒤돌아보면 끊임없이 일어났던 생각들은
어디가고 없고 허공만 남아 있음을 알게 된다.
하지만, 그 생각의 씨앗들은 세월의 침전물이 되어 새로운 인연
을 기다리고 있을지 모른다.

생각을 흘러보내고 남는 것,
온 우주와 합일된 나 자신을 찾는 것,
단지 바라보기만 한다면 가능한 일일 것이다.

영혼을 살찌우자

앞으로의 삶이 어떻게 전개될지 매우 궁금하지만
영혼을 살찌우고 맑은 영혼으로 살아갔으면 한다.
따뜻한 모습으로 이웃을 바라보며
환한 미소로 아름답게 살아가기를 간절히 소망해 본다.

편안한, 잔잔한 음악 같은 말과 생각으로
주변의 환경을 서서히 바꾸어 나가자.
마음이 편안해지는 글귀를 노트에 적어보자.
매일 시간 날 때마다 읽어보자.
단순히 읽는 것이 아니라 음미하면서 명상에 잠겨보도록 하자.

입술을 타고 가슴으로 흘러들어가는 차의 향처럼
뼛속까지 녹아서 체화되게 하자.
오늘도 생각에 속지 말고 현재 있는 그대로인 삶을 수용하면서
사랑과 자비의 마음으로 모든 사물과 사람들과 하늘과 길과 자동
차와 공기와 햇살들에게 시선을 보내자.

관찰자로서의 삶을
다만 지켜보는 자로서의 삶을 살다보면

생각은 다만 일어나는 현상에 불과하다는 것임을 알 수 있을 것이다.

내가 사라지는 그 자리
내가 완전히 없어지는,
내가 없음을 통절하게 알 때가 있을 것이다.

영혼을 맑게 하는 겨울 산을 떠올려본다.
눈을 지그시 감고 명상에 잠겨본다.
존재하고 있다는 느낌
온전히 존재한다는 느낌만 있고 나는 사라지고 없다.

깊은 골짜기에 불어오는 시원한 바람이
눈과 머리와 가슴과 온 몸으로 흘러들어오게 해서
한 바퀴 휘돌아 나가게 해 본다.

내 몸과 생각을 살찌우는데 정신을 팔지 말고
오로지 맑은 영혼을 찾아가는 순례자로서의 삶을 살기 위해 큰 원을 세워나가야 한다.

어디에서 와서 어디로 가는지를 골똘히 생각해볼 것
좀 더 지혜롭게 수행자의 삶을 살아야 할 것
골똘히 죽음을 생각해 볼 것

이미 내 곁을 떠난 사람의 삶을 기억해본다.
얼마나 가치 있게 살았는지
얼마나 빠르게 내 곁을 스쳐갔는지를
무상한 시간들 속에 과연 우리가 이 세상에 태어난 이유를 곰
곰히 생각해보아야 한다.

상처 입은 사람들에게 위로가 되고
치유가 될 수 있는 일들이 무엇인지 계발하고 정리해서
세상 속으로 스미게 해야 할 것이다.

내가 아닌 것이 분명 나이므로
나를 아프게 하는 요소를 없애는 것이 내가 아닌 나를 치유하
는 것이다.
다만 생각이 나라는 착각은 하지 말아야 한다.
생각은 인연 따라 조건에 의해 일어나는 것일 뿐이다.

늘 깨어서 지켜보면 마음이 맑아지는 것을 알 것이다.

손의 온기를 느끼려면
손을 마주 잡아야 한다

한 손으로는 소리를 낼 수 없다.

서로 마주쳐야 소리가 난다.

한 손으로는 기도를 올릴 수는 없는 일이다.

두 손을 가지런히 모으고,

에너지와 마음을 집중해서 소원을 모아야 하늘에 닿을 수 있다.

한 손에 붙은 모기나 파리를 같은 손으로 쫓아낼 수 없다.

다른 손의 힘을 빌어야 비로소 해결할 수 있다.

우리는 다른 사람들의 도움 없이는 하루도 살 수 없다.

혼자서는 아무것도 할 수 없다.

모든 것이 홀로 따로 존재하는 것 같지만 그렇지 않다.

우리 몸의 경우 740억 개의 세포로 이루어져 있다.

세포 또한 많은 미립자로 이루어져 있다.

부처님께서 오온으로 명명한 우리 몸은

집합체로서 모든 것과 연결되어 있다.

서로 손을 잡지 않으면 아프거나 고통스럽다.

우리는 서로 다른 손으로 존재하지만

서로 다름이 아니라는 것을 알아야 한다.

내가 숨 쉬고 있는 이곳,

내가 먹고 마시고 걷고 있는 이곳에

나 홀로 존재한다고 생각하겠지만
한순간도 다른 것이 없는 나는 존재하지 못한다.
세상 일체 만유는 다른 것으로 나를 삼았다 하지 않았는가?
자체로서의 고유한 성품이 없다는 뜻이다.
딛고 사는 땅이 없으면,
땅에 의지하지 않으면 서 있거나 앉거나 눕지 못한다.
호흡하는 공기 또한 우리의 일부분이다.
들이마시고 내쉬고, 들이마시는 공기의 순환으로 우리는 살아
있게 된다.
공기가 없다면 어떻게 생명체가 살아있겠는가?
우리가 매 순간 살아 있음을 감사해야 하는 것을
한순간도 잊어서는 안 될 것이다.
순간순간 존재하게 하는 것에 대해 깊이 감사해야 할 것이다.
물이나 음식 또한 우리 몸을 지탱하게 해 주는 역할을 하는데,
이처럼 우리는 혼자서 존재할 수 없는
서로 연결되어 있는 것을 알 수 있다.
손을 마주 잡으니 온기를 느낄 수 있는 것처럼
우리 모두 서로의 마음을 잡고,
서로의 손을 붙잡고 서로의 온기를 느껴야 할 것이다.
오른손과 왼손은 한 뿌리에서 나온 나무의 가지에 다름 아닌
것이다.
그런 것처럼 우리는 타인을 바라보는 생각을 바꿔야 한다.
상대방이 없으면 내가 존재할 수 없는 것이다.

상대방이 행복해야 나 또한 행복한 것이다.

너와 나는 근본적으로 다른 것이 아니라

같은 몸 다른 위치에 있음을 알아야 한다.

그렇지 않으면 너와 나를 구분하고,

분별하여 욕심과 화와 어리석음이 생겨난다.

한 나무에서 자라난 가지가 서로 다르다고 시기하고 질투하는가?

서로 잘났다고 다투는 것을 본 적이 있는가?

어느 위치에 있든지 저 스스로 잎을 흔들어 햇빛을 받아들이고 가지를 키워나가고 나무를 키워나가는 것이다.

오늘은 두 손을 마주잡고,

눈을 감고 세상이 하나로 연결되어 있음을 느껴보자.

세상은 따뜻하고 아름다울 것이다.

손을 맞잡고 있는 이 순간만큼은 행복한 미소를 머금을 수 있을 것이다.

만족하는 마음

소유보다는 만족하는 마음을 가져야 합니다.
아무리 많이 가지더라도 만족하지 못하면 마음은 여전히 궁핍
해집니다.
물질은 그 인연이 다하면 사라지고 맙니다.
이슬 같은 것이고 안개와 같은 것입니다.

만족하지 못하는 삶의 너머에는 욕심이 있습니다.
맑은 물(만족)을 마시지 않고 소금물(탐욕(불만족)) 마신다면 갈증
은 해소되지 않습니다.
욕심을 버리지 못하는 삶은 결코 만족을 느낄 수가 없습니다.
목을 축이더라도 일시적인 갈증은 해소 되겠지만
얼마 지나지 않아 다시 갈증을 느낄 수밖에 없습니다.
욕심으로 인한 소유는 결코 만족을 줄 수 없습니다.

가지고 싶은 것에 대한 집착으로 인해 결국에는 괴로움이 찾아
옵니다.
그것을 잃게 될 때의 괴로움은 집착의 정도만큼이나 큰 것이기
때문입니다.
하지만 가진다고 다 괴로운 것은 아닙니다.

집착을 하지 않으면 아무리 많이 소유한들 괴롭지가 않습니다.
거기에는 얽매임이 없기 때문입니다.
얽매임이 없는 삶은 자유롭고 평화롭습니다.

어떠한 일을 할 때는
쉽고 어려운가, 성공하고 실패할 것인가를
살피지 말고
옳은 일인가 그른 일인가를 먼저 보아야 한다.

아무리 성공할 일이라도
그 일이 옳지 못하면
결국 파국에 이르는 법이다.
― 한용운의 '성공보다 중요한 일'

영원하다는 생각

영화는 정지해 있는 화면을 담은 필름 하나하나가 모여 돌아가기 때문에 실제 움직이는 것 같은 착각을 일으킵니다.
사진 한장 한장이 모여 하나의 동작을 만들 듯이
우리는 무수한 생각의 연속을 나라고 착각하며 살고 있습니다.
일어나고 사라지는 연속적인 생각의 궤적이 나를 탄생시킵니다.

몸은 매초 수백 만 개의 혈액세포가 죽고 태어난다고 합니다.
매 순간 탄생과 죽음이 동시에 일어나고 느낌과 생각 또한 바뀝니다.
이전의 생각들이 현재에 상속되어 미래의 생각들을 만들어가지만 이전의 생각은 지금의 생각과는 다릅니다.
지금의 나 또한 과거의 내가 아닙니다.
미래 또한 현재의 내가 아닌 것입니다.

시간의 흐름은 우리를 가만 내버려 두지 않습니다.
여기 길 위를 걷고 있는 내가 있다고 한다면
한 걸음 한 걸음 걸을 때마다 유일한 내가 아닌
또 다른 모습의 내가 순간 순간 바뀌면서 걸어가는 것입니다.
나 아닌 또 다른 내가 지나가고 있는 것과 같은 이치입니다.

지속적으로 타오르는 촛불이 하나의 촛불로 인식되고 있지만,
순간의 타오름과 사라짐의 연속으로 촛불을 형성할 뿐입니다.
우리는 시간의 흐름 속에 하나의 개체로서 살아갑니다.
우리는 영원히 살 수 없습니다.
순간순간 존재할 뿐입니다.
그래서 지금 이 순간이 너무도 소중한 것입니다.

영원하다는 생각을 버리면 마음이 평화로울 것입니다.
하지만, 사람들은 영원히 살 것처럼 하며 살아갑니다.
주변의 갑작스런 죽음을 목도하고서도
그것은 나의 일이 아니라고 생각합니다.
나와 나의 주변에서 있는 것들을 떠나보내는 것에 대하여
그 사실을 인정하고 싶지 않기 때문입니다.
늘 같이 있던 것들,
늘 같이 있어야만 하는 생각으로 인해 견딜 수 없는 것입니다.
그래서 죽음은 나와는 무관한 것으로 치부해버리고 맙니다.

어제는 사라지고 없습니다.
이미 지나간 것은 사라지고 없는 것입니다.
하지만 내가 있다는 생각과 나는 영원할 것이라는 생각에 사로
잡혀 내가 사라지는 것에 대하여 상상할 수 없는 것입니다.
아마 상상하고 싶지 않은지도 모르는 일입니다.
내가 있어 괴로운 삶

모든 집착으로부터 벗어나려면 나를 죽여야 합니다.

나라고 할 만한 것이 없다는 것을 철저하게 깨달아야 합니다.

영원한 나는 없습니다.

순간순간 존재하는 나만 있을 뿐입니다.

영원하다고 하는 생각을 버리면 새로운 삶을 살게 되는 것입니다.

어제는 이미 과거 속에 묻혀 있고

미래는 아직 오지 않은 날이라네

우리가 살고 있는 날은 바로 오늘

우리가 사용할 수 있는 날은 오늘 뿐

오늘을 사랑하라

오늘에 정성을 쏟아라

오늘 만나는 사람을 따뜻하게 대하라

오늘은 영원 속의 오늘

오늘처럼 중요한 날도 없다

오늘처럼 소중한 시간도 없다

오늘을 사랑하라

어제의 미련을 버려라

오지도 않은 내일을 걱정하지 말라

우리의 삶은 오늘의 연속이다

오늘이 30번 모여 한 달이 되고

오늘이 365번 모여 일 년이 되고
오늘이 3만 번 모여 일생이 된다.

토마스 칼라일의 '오늘을 사랑하라'

물에 새기는 사람같이

화를 실체가 없는 것으로 보아야 한다.

실체가 없는 화를 있다고 한다면 화를 만들어 화의 더미가 커져 간다.

잠재의식 속에 화의 덩어리가 커져 대상을 볼 때 화가 날 수밖에 없으므로 화를 잘 내는 사람이 된 것이다.

화는 새기지 말아야 한다.

화가 난다면 화가 날 수밖에 없는 업을 가졌으므로 일어난다고만 알아야 한다.

화가 일어나도 일어났구나만 알고 화속으로 빠져들어서는 안 된다.

화는 폭발력이 너무 강해 도저히 걷잡을 수 없게 된다.

화의 주체는 어디에도 없다.

대상을 조건으로 발생되는 것이므로 우리는 허상이라고 이름하는 것이다.

허깨비 같은 것을 붙잡고 씨름하는 꼴이 되니 얼마나 우스운 일인가?

실체가 없는 상대방의 말에 실체가 없는 화를 내어서 무얼 하겠는가?

허깨비의 놀음에 놀아나는 어리석음에 빠지지 말아야 하겠다.

"물에 새긴 화"를 염두에 두고 부질없는 화내기를 이제는 그만
두어야 하겠다.

화의 실체를 분명히 알아서 화가 올라오는 것을 분명히 바라보
아 화의 화상에 마음을 다치지 않아야 한다.

화는 실체가 없지만 그것을 인정하는 순간 불길 속으로 들어가
게 된다.

마치 기름 바가지를 들고 불을 끄려고 하는 것처럼 활활 타오를
것이다.

올라오는 화를 바로 바라본다면 화는 멈출 것이다.

그대들아 세상에는 세 종류의 사람이 있다.

첫째, 바위에 새기는 사람
둘째, 땅에 새기는 사람
셋째, 물에 새기는 사람

먼저 바위에 새기는 사람은 어떤 사람인가?

자주 화를 내고 성냄은 오래간다.

마치 바위에 새기는 글이나 그림이 바람이나 물에 씻기지 않고

오래가는 것처럼.

다음으로 땅에 새기는 사람이란 어떤 사람인가?

자주 화를 내지만 성냄은 오래가지 않는다.

마치 땅 위에 새긴 글이나 그림이 바람이나

물에 쉽게 지워지는 것처럼

그 다음 물에 새기는 사람은 어떤 사람인가?

남이 거칠거나 날카롭게 말하고 불쾌하게 하더라도 쉽게

화해하고 친절하게 대한다.

마치 물 위의 자취가 금새 사라지는 것처럼

그대들은 물에 새기는 사람같이 되도록 노력해야 한다.

— 앙굿따라니까야 바위에 새김의 경

생각은 구름 같다

마음속을 이리저리 떠다니는 생각은
하늘을 이리저리 떠다니는 구름과 같다.

구름은 비를 내리기도 하고 여느 때는
뜨거운 햇살을 가리기도 한다.
때론 천둥번개를 동반하기도 하고
눈을 내리기도 한다.

그런 것처럼 생각은 조건에 따라
이리저리 떠다니면서 발생하는 구름의 성질처럼
변화무쌍하게 진행이 된다.

사람들은 그렇게 변화하는 생각을 나라고 말하고
나라고 믿고, 나라고 정의하며 산다.

생각은 다만 일어났다 사라져갈 뿐이다.
한 번에 한 생각이 일어나고 사라지고
다시 일어나고 사라지기를 반복할 뿐이다.

숨 쉬는 것은 나의 의지대로 되지 않는다.
내가 숨을 쉬지 않으려고 해도 숨은 자동으로 쉬어지고
언젠가는 숨을 쉴 수 없는 날이 오면 아무리 발버둥 쳐도 숨을
쉴 수가 없는 것이다.

생각 역시 마찬가지로 내가 생각을 하는 것은 아니다.
내가 생각을 멈추어 보겠다고 시도해 보라.
생각은 멈출 수가 없는 것이다.
생각이 나라면 어떻게 생각을 조종하지 못하겠는가?

생각 또한 생각한다가 아니라 생각이 나는 것이다.
자동적으로 생각이 일어나는 것이다.

모든 것은 지나간다.
길 위의 차들도 지나가고
사람들도 끊임없이 지나간다.
아침의 햇살은 동쪽에서 떠올라서 서쪽으로 저물어 간다.
지구가 태양의 주위를 끊임없이 돌아가듯이
모든 것이 쉼 없이 움직이고 흘러가고 있는 것이다.

흘러가지 않는다면 시간이라는 개념은 없었을 것이다.
구름이 빈 하늘을 가로질러 흘러가듯 생각 또한
허공에서 나와 허공으로 돌아간다.

생각은 머물기 위해서가 아니라
지나가기 위해서 온다고 한다.
생각은 어디에서든지 갖가지의 모양과 상황으로 나타난다.
바람으로, 구름으로, 나뭇잎으로
태양빛으로 비와 눈으로 그렇게 나타난다.

생각을 자연스럽게 받아들여서 수용할 수 있다면
지켜보고 바라볼 수 있다면
생각은 끊임없이 물결치는 바다의 파랑이 되어 춤추듯이 아름
다울 것이다.
생각의 바다에서 노래하고 춤추고 놀 수 있다면
우린 생각으로부터 자유로울 수 있을 것이다.

삶을 즐길 수 있고 행복한 마음을 유지하며 살아갈 수 있을 것
이다.

번개를 보면서도
삶이 한순간인 걸 모르다니
— 바쇼

단면의 전체성

하나를 보면 열 가지를 알 수 있다고들 한다.

하나에서 파생되는 행위나 생각의 흐름이 고리처럼 연결되어 있어 그런 유사성으로 인해 예측 가능하다는 이야기이다.

세포가 서로 연결되어 몸을 이루고 있는 것처럼 같은 더미의 성질로 뭉쳐져 있다.

생물학적인 특질이 아니라도 우리가 생각하고 행하는 것들에 의해 몸과 마음이 형성되는 것은 사실이다.

그러하듯 시 한 편의 내용을 보고도 그 사람의 삶을 들여다 볼 수 있을 것이다.

시 한 편이 주는 감동을 미당 선생님께서는 "언어는 적으면서 사상은 더 큰 것"이라고 말씀하셨다.

단편적인 말을 토대로 큰 울림을 줄 수 있다는 말일 것이다.

우리의 삶도 단순함에서 찾아야 하리라.

단순하게 살려면 많은 것들을 정리하고, 버려서 내가 꼭 가져야 할 것만 갖추고 사는 것. 조금 비어 있는 듯한 배를 유지한 채 새벽공원을 산책하는 일이다.

새벽별이 지는 순간을 황홀한 시선으로 바라볼 수 있어야 한다.
복잡한 삶을 사는 사람들은 평온함을 유지할 수가 없다.

단순한 삶을 유지할 때만이 온 우주를 느낄 수가 있다.

마지막이라는 마음으로

삶은 매일 매일 우리 마음을 열 수 있게 하는 기회를 무수히 제공한다.

— 티베트의 지혜

오늘 하루 마지막이라는 마음을 가질 수 있다면…

오늘이 내 생애 마지막 날이라면 누구에게 제일 먼저 안부를 물을 것인가?

가장 가까운 사람 아니면 살면서 힘들게 했던 많은 사람들에게 전화를 할 것인가?

오늘 하루가 마지막이라면 내가 가장 하고 싶은 일은 무엇일까?

아직도 무엇인가를 취하려고 할까?

모든 것을 다 내려놓고 떠날 수 있을 것인가?

떠오르는 햇살의 찬란함을 간절한 마음으로 바라볼 것인가?

아들의 얼굴을 한 번 더 보기 위해 연락을 취할 것인가?

아무도 모르게 깊은 골짜기에 들어가 조용히 생을 마감할 것인가?

마지막 순간의 시점에 와서야 비로소 생겨나는 마음을 지금 단정 지을 수는 없을 것이다.

하지만 생의 마지막을 위해 미리 해야 할 일이 있지 않을까?

보고 싶었던 사람들에게 안부를 물어보자.

오랜 친구도 한번 소원해진 뒤로 더이상 연락을 주고받지 못하고 세월이 많이 흘러버린 경우가 있다.

소중한 추억을 간직한 친구들인데도 말이다.

한 번의 서먹함으로 인해 영원히 연락하지 못하고 생을 마감한다면,

얼마나 아쉽고 후회될까?

또한 불편한 인연으로 인한 상처와 평생가지고 있던 죄책감으로 부터

용서받고 괴로움에서 벗어나기 위해서는 서로 만나야 한다.

만나서 매듭을 풀어야 한다.

그래야만 평화로운 순간을 맞이하면서 아름답게 생을 마감할 수 있을 것이다.

모든 것에서 벗어나 가볍게 이생을 떠날 수 있게 몸과 마음을 준비할 수 있는 것이다.

우리가 살아가면서 얼마나 많이 몸과 마음을 무겁게 해 왔던가?

취하려고만 하고, 놓을 줄 몰랐던 습성으로 인해 고통과 무거운 짐을 지고 평생을 살아오지는 않았는지,

매일의 삶, 욕심 부리고 살았던 순간들의 연속으로 인해
더이상 발걸음을 옮길 수가 없는 처지가 되어 힘들어 하지는 않
는지,

순간 스치는, 스쳐 지나가는 삶인데도 마치 무엇인가 있을 것
같은 착각으로 애착하며 한 생을 살아왔다.

세상은 단 한 번의 지나침이 연속으로 이루어져 있으므로 그
순간이 지나면 다시는 오지 않을 것이다.
무상한 것들에 대하여 애착을 가질 필요는 없다.
그 순간이 지나면 다시는 오지 않을 것이기 때문이다.

순간을 강렬하게 살아서 순간의 삶들이 빛나게 되면
한 살이가 빛으로 가득찰 것이다.

간절함으로 그러나 집착 없이 살 수 있다면 이 세상은 얼마나
아름다울까?
우리가 더이상 무거운 짐에 의해 짓눌릴 필요는 없는 것이다.
그러면 고통이나 슬픔에서 벗어날 수 있을 것이다.

오늘의 마지막 날을 위해서 모든 것을 내려놓는 연습을 하자.

오늘이 마지막이라면,

오늘이 정말 한 개체로서의 삶의 마지막 날이라면,

서로 다투며 시간을 허비하지 않으리라.

소중한 시간을 쪼개어

서로의 마음을 위로하며 다독이며 살아가리라.

오늘이 마지막이라면

얼마나 소중한 것들이 많을지,

오늘이 마지막이라는 간절함

그런 마음으로 살아간다면

모든 것을 받아들일 수 있을 것이다.

땅이 모든 것을 받아들이듯이…

마음 찾기

수행자로서의 삶을 살아가리라 다짐해도
바쁜 일상을 살아가다 보니 만만치 않다.
마음이 어디에 있는지 끊임없이 관찰해야 할 것이다.
생겨나고 사라지는 마음, 한순간 하나의 마음이 일어났다가 사
라지고 반복을 거듭해 간다.

나라는 것은 몸과 마음으로 이루어져 있다.
붓다께서는 이 이외에 "어디에도 영원불멸의 영혼 또는
자아라고 불릴 만한 것이 없다"라고 가르치셨다.
물질이라는 것은 사대라는 근본요소들이
눈에 보이는 형태로 나타난 것이다.
모든 형태의 물질은 어떠한 비율로 섞여 있든지 간에
이 사대가 결합한 것이다.

물질은 사대(地, 水, 火, 風)가 여러 가지 형태로 결합됨에 따라 각
각 다른 외양과 형태로 마음에 인식이 된다.
마음이라는 것은 네 가지 무더기로 이루어져 있다.
마음은 식(識), 수(受), 상(想), 행(行)의 네 가지 과정으로 이루어
져 있다.

첫 번째 과정인 의식은 마음의 기반이다.

의식은 단순히 현상(접촉)의 발생을 기록하고,

어떤 물질적 정신적 입력을 수신하는 기능을 담당한다.

입력된 자료에 어떤 가치를 부여하거나 꼬리표를 매달아 분류하지 않고 경험의 원자료를 그대로 받아들인다.

두 번째 과정의 인식은 재인식의 행위이다.

마음의 이 기관은 의식이 기록하는 것은 무엇이나 검토하고 의미를 부여한다.

이 과정은 입력되는 자료를 분류하여 꼬리표를 붙이고 구별해낸다. 곧 부정이나 긍정의 가치를 부여한다.

다음의 과정은 감각으로, 어떤 자료가 입력되면 감각은 무엇이 일어난다고 신호를 일으킨다.

입력 자료가 아직 평가되고 있지 않는다는 점에서 감각은 중성으로 남아 있다.

그러나 일단 가치가 입력된 자료에 부착되면 감각은 주어진 가치에 따라 기쁨이나 불쾌감을 일으킨다.

육신은 병에 시달리고

마음은 슬픔에 겨워하네

감각과 까르마의 힘으로 혼란은 생기네

혼란은 단지 육신을 통과하는 꿈일 뿐

오랜 세월 고통받은 지옥조차 실체가 존재하지 않나니
고통은 습관적 사념으로 일어날 뿐이네
이는 지고한 진리이네
석가부처님께서 도제님 뽀에게 전한 법이네

삼라만상은 관념일 뿐이요.
그 안에 모든 일은 마음의 그림자 놀이라네
이 진리를 알지 못하면 범천 세계에 태어날지라도
참다운 행복은 얻지 못하리

무색계 사전정에 오랜 겁을 머물지라도 불타경지에 이르지 못하네

하지만 보리심을 발하고 공을 명상하면 고뇌와 장애, 습관적 사념
과 업장이 소멸되네

— 밀라레빠의 십만송 중에서